Pietro Chiari

Le sorelle rivali - Die Schwestern als Nebenbuhlerinen

Oder, Brauth und Bräutigam in einer Person: Ein Lustspiel von drei Aufzügen

Pietro Chiari

Le sorelle rivali - Die Schwestern als Nebenbuhlerinen
Oder, Brauth und Bräutigam in einer Person: Ein Lustspiel von drei Aufzügen

ISBN/EAN: 9783743423312

Hergestellt in Europa, USA, Kanada, Australien, Japan

Cover: Foto ©Andreas Hilbeck / pixelio.de

Manufactured and distributed by brebook publishing software (www.brebook.com)

Pietro Chiari

Le sorelle rivali - Die Schwestern als Nebenbuhlerinen

Le Sorelle Rivali,
Die
Schwestern
als Nebenbuhlerinen,
oder
Brauth, und Bräutigam
in einer Person
ein Lustspiel
von
drey Aufzügen

Dem Italiänischen des Herrn Abbten
Peter Chiari nachgeahmet,

und

Auf der kaiserl. königl. privilegirten deutschen Schaubühne zu Wien aufgeführet.

im Jahr
1767.

WIEN,
zu finden bey Joseph Kurtzböcken, Univer.
Buchdruckern auf dem Hofe.

Personen.

Trifone, ein sehr reicher Negotiant in Genua.

Charlotte, seine Schwester.

Livia, seine geglaubte Tochter.

Camilla, unbekannte Schwester der Livia, und vermeinter Graf Ernesto von Pisa.

Leonardo ein Kaufmannssohn aus Venedig.

Ortensio, ein alter ⎫
                     ⎬ Medicus.
Vanesio, ein junger ⎭

Hannswurst, Bedienter der Camilla.

Einige Bediente des Trifone.

Die Handlung geschiehet auf dem Landgut des Trifone nahe bey Genua.

Erster Aufzug.

Erster Auftritt.

(Ein Saal mit Seitenthüren, auf einer Seite stehet ein Schreibtisch mit Tinten, Feder, und Papier, auf der andern ein Tisch mit einem vollkommenen Schachspiele.

Camilla, und Hannswurst.

Camilla als Cavalier gekleidet: haltet mit der linken Hand Hannswurst vest, und mit der rechten setzet sie ihm den blossen Degen an die Brust, und sagt:

Rede Nichtswürdiger!

Hanswurst (furchtsam.) Um des Himmels willen Herr Graf! sind sie doch gescheid!

Camilla

Camilla (wie oben) rede Canallie! wer bin ich? sonst ...

Hansw. Ich habe ja nur einen Spaß gehabt.

Camilla Nein, nein! bekenne die Wahrheit!

Hansw. Aber was soll ich dann bekennen?

Camilla Sage! woher du weist, daß ich ein Frauenzimmer bin?

Hansw. Sind sie dann ein Frauenzimmer, oder nicht?

Camilla Eben darum frage ich dich.

Hansw. Dieses ist aber eine Sache, welche sie besser als ich wissen müssen.

Camilla Kerl! spase dich nicht lange, du must es wohl wissen, weil du mir es in das Gesicht gesagt hast.

Hansw. Ich werde einen Rausch gehabt haben.

Camilla Ich versichere dich, daß du ganz nüchtern warst.

Hansw. (verwirrt) Ja, jetzo erinnere ich mich, ich habe es sagen gehört.

Camilla Das ist nicht wahr, dann ich bin sicher, daß in ganz Genua kein Mensch ist, der mich nicht für einen Cavalier hält.

Hansw. (noch verwirrter) So muß ich es gesehen haben.

Camilla Was gesehen?... stirb Pestie!

Hannsw. Ho! Ho! haben sie doch Geduld! daß ich sagen kann, was ich gesehen habe .... Haben sie nicht verdrähte Füße?..

Camilla Und du bist so keck, daß du dich unterstehest bey deinen Lügen mir noch Grobheiten zu sagen? .... Es vergehet mir alle Geduld, rede! oder ich stoße zu.

Hansw.

Hansw. (bey sich) Nun weiß ich mir nicht mehr zu helfen.

Camilla Willst du reden, oder nicht? ...

Hansw. Ja! aber stecken sie den Degen ein!

- Camilla Gut! (steckt den Degen ein.) Nun rede! aber die Wahrheit.

Hansw. Werden sie aber nicht mehr böse seyn?

Camilla Nein! ... Wenn du die Wahrheit redest, so will ich dir alles verzeihen.

Hansw. Haben sie mir nicht einen Brief gegeben, solchen auf die Post zu tragen?

Camilla Ja, gestern, welcher nach Pisa in wichtigen Anliegenheiten gehen sollte.

Hansw. Diesen habe ich in der Tasche vergessen.

Camilla Dergleichen Liederlichkeiten sind bey dir nichts neues.

Hansw. Und ich habe mich vor Ohrfeigen geforchten.

Camilla Nicht ohne Ursach, dann an dem Brief war mir vieles gelegen ...

Hansw. Eben zu sehen, ob viel daran gelegen ...

Camilla So hast du ihn gelesen?

Hansw. Ja! ... Allein ich habe ihn sodann gleich verbrannt.

Camilla Ha! nichtswürdiger Schelm! ich will dir gleich deinen Rest geben, damit mein Geheimniß verschwiegen bleibe (ziehet den Degen.)

Hansw. (fällt auf die Knie) ums Himmels willen! verschonen sie mich! ich schwöre, daß ich von allem, was ich gelesen habe, schweigen will.

Camilla Nein, nein! du wirst deinen Schwur nicht halten . . .

Hansw. Wann es auf das Todstechen ankommet, habe ich, dem Himmel sey Dank, eine gute Gedächtnuß.

Camilla Dein Schwören ist mir nunmehro zu spät (will ihn erstechen.)

Hansw. Und mir das Sterben zu früh . . . erbarmen sie sich! . . .

Camilla Wohl! ich will dir das Leben schenken . . . (mit einem förchterlichen Ton) Wann du aber ein Wort ausplauderst, so überlebst du keine Stunde mehr, entweder stosse ich dir einen Dolch in das Hertz, oder hange dir einen Stein an den Hals, und werfe dich in das Meer; traue mir nicht, ungeachtet ich ein Frauenzimmer bin, so wisse, daß ich ein männliches Hertz im Leibe habe, zittere also Verwegener! zittere vor meinem Zorn, dann da du meinen Brief gelesen, so wirst du wissen, was meine Umstände vor eine Verschwiegenheit verlangen, und was du (wann du solche ausplauderst) zu beförchten hast.

Hansw. Ich weiß allzuwohl, wie schwürig sie sind, die Ohrfeigen, so ich erst gestern bekommen, und wovon mir der Kopf dreymahl von der Mauer zuruck geprellet, habe ich noch nicht vergessen, da ich aber nun weiß, daß sie ein Frauenzimmer sind, so hoffe ich . . .

Camilla Weist du aber auch, was ich vor ein Frauenzimmer bin? . . .

Hansw. Zweifels ohne wie alle andere; dahero hoffe ich auch, daß sie als die Gräfin Camilla mit mir gütiger, als der Graf Ernesto umgehen werden?

Camilla

Camilla Ich bin keine Gräfin, oder Dame, und da du ohnehin das meiste weist, so will ich dir auch das übrige nicht verborgen halten: wisse demnach, daß ich in Pisa von bürgerlichen, doch ehrlichen Eltern gebohren, in einem Alter aber von 5. bis 6. Monaten, nebst meiner Schwester, welche um 1. Jahr älter war, verwaiset worden; ein fremder eben damahls durch Pisa reisender Herr hat sich über meine Schwester erbarmet, und solche mit sich nach Engeland oder Frankreich, wie man mir erzählet hat, genohmen; mich aber hat eine Dame welche meine Mutter sehr liebte, von dieser Zeit an erzogen, der ich auch bis an ihr Ende mit all möglichster Liebe und Treu gedienet habe, bey ihrem Absterben hat diese Dame mir für meine Treue ein Heurathsgut von 6000. Thaler vermachet. Mit diesem Geld nun, und von niemand abhängig, habe ich den Entschluß gefasset, mich an einen Meyneidigen zu rächen, diese Kleidung erwählet, mein Vaterland verlassen, und mich hieher nacher Genua, wo ich bereits über ein Monat mich aufhalte, begeben. . . .

Hansw. Das hätte ich mir Zeit meines Lebens nicht einfallen lassen, daß das Frauenzimmer so schlimm seye . . darf ich dann fragen: wer derjenige ist, an dem sie sich zu rächen suchen?

Camilla Dein gewester Herr.

Hansw. Wie! der Herr Leonardo? der sie so hoch schätzet, und so zärtlich liebet, und der, ihnen einen Gefallen zu erweisen, mich selbst in ihren Dienst überlassen hat? Aus was Ursach haben sie mich dann von ihm so eifrig anverlanget?

Camilla Um von dem Diener das jenige zu erfahren, was mir von seinem Herrn noch unbewußt war.

Hansw. Bravo! das ist schön, sie stellen sich als sein bester Freund um nur seine Handlungen zu erfahren; er liebet sie, führet sie in diesem Hauß bey dem Herrn Trifone auf, und suchet ihnen allen möglichen Unterhalt zu verschaffen: und dafür wollen sie ihm schaden, pfui schämen sie sich! sie müssen ein Herz so hart wie Kieselstein haben... nehmen sie mirs nicht übel, daß ich so rede, ich habe den Herrn Leonardo allzu lieb.

Camilla Auch ich liebe den Leonardo, und da ich mich an ihm zu rächen suche, so geschieht es blos aus Liebe.

Hansw. Eine schöne Liebe... Aber was hat ihnen dann Herr Leonardo gethan? er war ja sonst jederzeit ein braver ehrlicher Mensch, welcher niemanden etwas zu leid thut. ...

Camilla Ich will es dir gantz kurz sagen, ich habe den Leonardo in Pisa gesehen, ich habe ihn zu lieben angefangen, und diese Liebe hat mich endlich so weit gebracht, daß ich einstens an ihn geschrieben, wo ich bin, wer ich wäre, und daß ich ihn liebte; nun höre einmal die Antwort, welche mich noch bis diese Stund beleidiget, und sage! ob ich unrecht habe, mich an ihm zu rächen? (ziehet einen Brief aus der Tasche, und lieset) „Meine „liebe Jungfer, sie riechet mir allzu viel nach der „Kuchel, und dem Abwaschschaf, und da ich hie„mahlen gesonnen bin eine Dienstmagd zu lieben, „so werde ich auch bey ihr nicht den Anfang ma„chen ,, .

Hansw.

Hansw. Es ist wahr, dieses Compliment ist zimmlich deutlich.

Camilla Wenn man ein Frauenzimmer nicht liebet, so soll man ihr doch wenigstens nicht grob begegnen, ich bin keine Dienstmagd, welche ihm Schande bringet, ich besitze ein Herz, welches mich über meinen Stand erhebet; eine so grobe Verachtung verlanget also Rache, und Rache will ich üben. Leonardo soll im kurzen sehen, daß ein Frauenzimmer (wann sie auch schon würklich eine Dienstmagd ist) mehrere Hochachtung verdiene.

Hansw. Sie haben recht! ... Allein bedenken sie! daß er der Abgott in diesem Hause ist; daß Herr Trifone ihm seine Tochter die Livia versprochen, mit welcher er einen nicht geringen Reichthum überkommet, daß Livia ihre Zärtlichkeit liebt, und ...

Camilla Und eben diese Livia will ich ihm rauben.

Hansw. Sie? als ein Frauenzimmer? .. das wird wohl schwärlich angehen. ..."

Camilla Warum?

Hansw. Es sind halt gewisse Ursachen ..

Camilla Genug! ich hab es einmahl beschlossen, und werde es auch ausführen, alhier haltet mich alles für den Grafen Ernesto, ich bin gern gesehen, und Livia selbst hat ein grosses Zutrauen so, wie Leonardo, zu mir; mit einem Wort, wann du schweigest, so hat in 24. Stunden Leonardo seine Geliebte verlohren, und ich bin geräschet.

Hansw. Wir werden es sehen . . Aber daß zwey Frauenzimmer einander heurathen sollen, das will mir nicht in den Kopf gehen.

Camilla Bekümmere dich um nichts, als um zu schweigen (nimmt in eine Hand einen Geldbeutel, und in die andere den Degen) siehe! hier ist Geld, wann du schweigest, und hier der Degen! so du redest, wähle! ... und begebe dich von hier!

Hansw. (nimmt den Beutl) ich hab schon gewählet, und damit ich schweige, will ich mir gleich selbst das Maul zunähen. (gehet ab.)

Camilla In denen Umständen, in welchen ich mich befinde, sahe ich kein anderes Mittel, als durch Forcht, und Geschänke den Hannswurst zum Schweigen zu bringen, deme ohngeachtet, werde ich stäts ein obachtsames Auge auf ihn haben, ach! wenn er nur einen einzigen Tag noch schweiget, so habe ich solche Maßregeln genommen, welche mir gewiß nicht fehl schlagen werden.

Zweyter Auftritt.
Leonardo, Camilla.
Leonardo.

Wie geht es Herr Graf?

Camilla Wohl zu ihren Diensten.

Leon. Ich habe den Hannswurst von hier gehen gesehen, er schiene mir voll Gedanken, hat er etwas verbrochen?

Camilla Ach nein! ich bin mit ihm sehr wohl zufrieden, und ihnen besonders verbunden, daß sie mir ihn überlassen haben, wenn er nur das Maul besser halten könnte.

Leon. Warum? hat er etwas ausgeplaudert?

Camilla

Camilla Ich habe ihm befohlen, von der Ankunft meiner Fräulein Schwester niemanden, etwas zu melden, und dennoch hat er es ihnen gesagt.

Leon. Mir? . . ich weiß kein Wort davon.

Camilla Nicht? . . es thut mir also leid, daß ich dem Hannswurst unrecht gethan habe, übrigens habe ich meine Ursachen, warum ich das Hierseyn meiner Schwester noch gern verborgen halten will.

Leon. Wenn ist sie dann angekommen?

Camilla Gestern Abends.

Leon. Ist es erlaubt mich nach ihren Wohlseyn, und Namen zu erkundigen?

Camilla Sie befindet sich gantz wohl, und nennet sich Camille (abseits) auf diese Art habe ich schon vorgebauet, wann allenfals Hannswurst aus der Schule schwätzen solte.

Leon. Wenn wir heute in die Stadt kommen, werde ich sie ersuchen mich bey derselben aufzuführen.

Camilla Sie werden mich entschuldigen.

Leon. Warum wollen sie mir dann ihre Fräule Schwester nicht sehen lassen?

Camilla Wenn sie mich sehen, so haben sie auch meine Schwester gesehen.

Leon. So stehet sie ihnen so ähnlich?

Camilla Ja! wie ein Ey dem andern.

Leon. O, ich muß ihr meine Aufwartung machen.

Camilla Ich habe schon einmahl gesagt, daß ich dißfals um Entschuldigung bitte, dann ich beförchte, mich einigen Verdrüßlichkeiten auszusetzen, meine Schwester ist jung, und es gefällt ihr alles,

was

was schön, und artig ist; Herr Leonardo hat eine Art, und eine solche Gesichtsbildung, welche schon manches Frauenzimmer gerühret hat; sie sind ein Bräutigam, Livia ist etwas eifersichtig, ich wollte also nicht gerne, daß . . .

Leon. Sie verzeihen, dieses sind leere Entschuldigungen . . . sollte ich dieserwegen einer Dame meine Aufwartung nicht machen dürfen, weil ich gesonnen bin, mich zu verheurathen, oder wenn ich würklich verheurathet wäre, solte ich beständig bey meiner Frau sitzen, nein! eine erlaubte Freyheit lasse ich mir niemahls verwehren . . .

Camilla A propos! wegen ihrer Heurath; wird diese denn bald vor sich gehen?

Leon. Mit nächsten; und es würde solche schon vorbey seyn, wenn der Herr Trifone bey aller seiner Gesundheit sich nicht immer einbildete, sterblich krank zu seyn, und sich gänzlich durch die Doctores regieren liesse, welche auch ein Aug auf die Livia haben, allein da das ganze Negotium des Herrn Trifone, durch meine Hände gehet, wird er sich wohl besinnen sein Wort zuruck zu nehmen; doch muß ich auch stäts auf guter Huth seyn, daß mir keiner von denen Herren Doctoren diesen so feten Bissen von dem Maule weg schnappe.

Camilla Lassen wir sie massacriren.

Leon. Sonsten nichts?

Camilla Was ist es dann, wenn man ein paar Mediciner in die andre Welt schicket, thun sie denn mit ihren Patienten nicht auch ein gleiches.

Leon. Sie spaßen sich! man muß diese Herren vielmehr hoch schätzen.

Camilla

Camilla Alle andere, aber diese muß man aus der Welt schafen.

Leon. Wer solte glauben, Herr Graf! wenn man ihr Gesicht betrachtet, daß sie so schlimm seyn konnten.

Camilla Gute Nacht! sie kennen mich noch nicht recht, dergleichen Streiche sind mir nur Pagatellen, ich habe schon mehr unternohmen . . . aber wieder auf ihre Mediciner zu kommen, was thun ihnen denn diese?

Leon. Ich habe es ihnen ja schon gesagt, daß sie mir Livia weg zu fischen suchen.

Camilla Sobald ihnen Herr Leonardo, die Livia geneigt ist, so haben sie nichts zu besorgen, aber im Vertrauen, sind sie auch sicher, daß Livia sie liebe?

Leon. Daß mich Livia liebet, wollte ich schwören, denn sie hat ein allzu gutes Herz.

Camilla Und ich sage, mit ihrer gütigen Erlaubniß, daß ich es nicht glaube.

Leon. Livia hat allzu viele Vernunft.

Camilla Dieses ist nicht genug.

Leon. Sie kann fast keinen Augenblick ohne mich seyn.

Camilla Auch dieses beweiset noch nichts.

Leon. Das gute Kind hat mir nicht einmahl gesagt, sie wolle keinen andern als mich.

Camilla Erzählen sie dieses meiner Schwester! (lachet.)

Leon. Ich muß es glauben, weil ich noch kein Frauenzimmer in allen Thun und Lassen so beständig, wie Livia gefunden habe.

Camilla

Camilla O wie würde meine Schwester hiezu lachen.

Leon. Aber, wie verfallen sie allhier auf ihre Fräule Schwester? was für einen Einfluß hat solche hieher?

Camilla Weil ich von ihr erlernet habe, wie sich die Frauenzimmer verstellen können.

Leon. Dieses weiß ich auch, allein ich halte mich an das jenige, was ich sehe, nemlich daß mich Livia liebet.

Camilla Und ich halte mich an das jenige, was ich gesagt habe, nemlich daß ich es nicht glaube.

Leon. Sie machen mich rasend, es ist ja bereits eine Stunde wie ich ihnen sage, daß ich der Liebe der Livia versichert bin.

Camilla Und der junge Medicus?..

Leon. Sie denket nicht einmahl an ihn

Camilla So wird sie vielleicht an einen andern denken.

Leon. Herr Graf! sie erregen bey mir einen Argwohn . . . an einen andern . . sagen sie? wer sollte wohl dieser seyn? vielleicht sie selbst?

Camilla Ich? was fällt ihnen ein?...Ich bekümmere mich nicht um Livia, und wann sie auch noch einmahl so viel Vermögen hätte, so brauche ich sie nicht, es ist wahr; ich rede, ich scherze mit ihr, und werde niemahls so unhöflich seyn, ihr in das Gesicht zu sagen, daß sie mir nicht gefällt, und will gar nicht läugnen, daß, wenn ich mich an sie machen wollte, ich vielleicht keine abschlägige Antwort zu befürchten hätte; denn Livia ist ein Frauenzimmer; und um eine Gräfin zu werden.. Allein was rede ich? sie sind ihrer Liebe versichert, sie will

kei-

keinen andern? ... und von mir haben sie nichts zu befürchten ... ich habe als andere Sachen zu gedenken...

Leon. Herr Graf! sie setzen mir einen Wurm in den Kopf; und da sie sich schon so weit heraus gelassen, so sagen sie mir doch um des Himmels willen aufrichtig! woran ich bin?

Camilla Ich habe nicht geglaubt, daß ihnen Livia so an das Herz gewachsen wäre; allein ist einmahl die Heurath vorbey, so bleibet sie ja dennoch ihre Frau, sie möge einen andern lieben, oder nicht ... Sie entfärben sich? ... ich nehme meine Wort zurück, Livia ist ihnen getreu, und an allen, was ich gesagt habe, ist nur meine Schwester Schuld.

Leon. Nein Herr Graf! sie werden mir nichts weiß machen, ich sehe nunmehr gar wohl ein, Livia ist mir ungetreu, eine Falsche, eine Meyneidige! ich will mich nicht länger von ihr bey der Nase herum führen lassen, reden sie mein bester Freund! und entdecken sie mir das übrige!

Camilla Eben weil ich ihr Freund bin, so muß ich schweigen, es ist eine allgemeine Regel, zu viel wissen, und gar nichts wissen, ist eines so schlim, wie das andere: wann man nichts weiß, so ist man öfters der Unwahrheit, und wann man zu viel weiß, öfters der Schande und dem Verdruß ausgesetzet; ein vernünftiger Mensch muß stäts die Mittelstrasse halten, und eben darum verlange ich nicht zu wissen, was ich nicht weiß; und will das jenige, was ich weiß, auch bey mir behalten, (und gehet ab.)

Leon. Die Maxime ist gut, aber für mich tauget sie nicht, wie blind bin ich bishero gewesen, unterfanget Livia jezo schon in Liebeshändel sich einzulassen? was würde sie erst nach der Hochzeit thun; nein, nein! ich bin schon gut, aber der Gefopte will ich niemahls seyn . . . da kommt eben die Nichtswürdige . . . ich will ihr gewiß zeigen. . . .

Dritter Auftritt.

Livia, Leonardo.

Livia (freundlich.)

Sind sie hier Leonardo, was machen sie?

Leon. Mademoisele! ich kraze mir die Nase.

Livia Wissen sie schon, daß die zwey Herren Hausdocteres eben jezo angekommen.

Leon. (hönisch) ich bleibe ihnen für diese Nachricht verbunden.

Livia Sie werden einige Tage hier bleiben, weilen mein Herr Vater sich wieder übler, als sonsten, befindet.

Leon. (hönisch) Ich bedaure.

Livia Wissen sie sonst nichts zu sagen, und redet man also mit seiner Geliebten?

Leon. Gehen sie, es wird wohl schon jemand anderer auf sie warthen.

Livia Wann ich bey jemand andern seyn wollte, wäre ich gewiß nicht hieher gekommen.

Leon. Es ist ja der Herr Doctor da.

Livia Was geht dieser denn mich an, ich bin ja nicht krank.

Leon. So lassen sie wenigstens den Herrn Grafen nicht warthen.

Livia

als Nebenbuhlerinen. 17

Livia Ich ehre den Herrn Grafen, weil sie ihn selbst hochschäzen, allein ich habe nicht Ursach zu ihm zu gehen.

Leon. So gehen sie zum Henker!

Livia Was sind dieses vor Reden, für einen Liebhaber?

Leon. Ich rede nicht anders mit Buhlschwestern.

Livia Ich eine Buhlschwester, ich verwundere mich über sie Leonardo, noch mehr aber über mich, daß ich dergleichen Kühnheiten ertrage.

Leon. Ich bitte um Vergeben, Frau Gräfin!

Livia Was Gräfin?.. ich bin es nunmehro satt, und da ich mich entschlossen, sie zu heurathen, so verdiene ich keine solche Beschimpfung, ist dieses die Liebe? ist dieses die Frucht von allen meinen Hofnungen?

Leon. Ha Mademoisele! wir wissen schon alles.

Livia Was können sie wissen? sie reden und wissen selbst nicht was, ich aber weiß, daß ich unschuldig bin.

Leon. Dem Himmel sey Dank, ich kann schweigen.

Livia Reden sie! so sie das Herz haben, dann ihre eigene Worte werden sie zum Lügner machen.

Leon. Vielmehr ihre Thaten sie zu einer Nichtswürdigen.

Livia Solche undankbahre Männer ohne Treu sollte man lieben?

Leon. Solche wankelmüthige Frauenzimmer sollte man hochschäzen: der ist ein Narr, so ihnen glaubet.

Livia Sagen sie lieber, daß sie vielleicht meiner überdrüßig sind.

Leon. Bekennen sie vielmehr, daß sie an einen Liebhaber nicht genug haben.

Livia Sie Boßhafter!

Leon. Sie Meineydige!

Vierter Auftritt.
Camilla, und die Vorigen.
Camilla.

Was giebt es hier? warum zanken sie sich?

Livia Lassen sie mich, dann jetzo bin ich im Stande alles zu unternehmen.

Leon. O! die erschröckliche Fräule!

Camilla (stellet sich zwischen beyde.) Fort! machen sie Friede!

Livia Dieses sollte nicht geschehen, wenn ich ihn auch tod zu meinen Füssen fallen sehete. (gehet auf die andere Seiten.)

Leon. Mademoiselle! sie können lang wartzen biß ich sie bitte (gehet von ihr gegen über.)

Camilla (gehet zu Livia) geben sie sich zufrieden!

Livia Wenn er mit seiner Geliebten so umgehet, stellen sie sich vor! wie er seiner Frauen begegnen würde.

Camilla (gehet zu Leonardo) als ein Mannsbild müssen sie zeigen, daß sie Vernunft haben.

Leon. Jetzo hat sie drey Liebhaber, wenn sie meine Frau wäre, würde ein Duzend nicht hinlänglich seyn.

Camilla

Camilla (heimlich zu Livia) Ich kann ihnen nicht Unrecht geben.

Livia Dem Himmel seye Dank, daß ich ein Heurathgut habe, welches mir, wann ich auch nicht schön bin, jederzeit einen Mann verschaffen wird.

Camilla (heimlich zu Leonardo) Meine Schwester hat noch mehr.

Leon. Einem ehrlichen Manne fehlt es niemahls an einer anständigen Parthie; doch frey seyn, ist das beste.

Camilla (zu Livia heimlich) Es ist besser eine Gräfin, als Bürgerin seyn.

Livia Mein Vater soll mich gewiß nicht zwingen, diesen Nichtswürdigen zu nehmen.

Leon. (zu Livia) meine herzige Dulcinea! kratze sie mir nur die Augen nicht aus dem Kopf.

Camilla (zu Livia heimlich) Wann ich an ihrer Stelle wäre, weiß ich nicht, ob ich mich enthalten könnte, ihm ein paar Ohrfeigen zu geben.

Livia Nein! ich will mich nicht so viel würdigen, ihn zu berühren; aber auch das Angedenken von einem solchen Ungeheuer will ich verbannen. Hier ist deine verdammte Abbildung! (wirft ihm das Portrait vor die Füße.)

Leon. Und da habt ihr euer Meeraffen Gesicht! (wirft ihr auch ihr Portrait vor die Füße.)

Livia Da hast du deine Bänder, Nichtswürdiger!

Leon. Hier Falsche! hier ist deine Taback-Dose!

Livia (zu Camilla) sagen sie ihm, daß er mir nicht mehr vor die Augen komme, und daß ich lieber erblinden, als ihn mehr ansehen will. (gehet zornig ab.)

Leon. (zu Camilla) Sagen sie ihr, daß mir an ihrem Zorn wenig gelegen, und daß ich sie so sehr verabscheue, als sie es verdienet. (gehet auch zornig ab.)

Camilla Nunmehro ist Feuer im Dach, bey welchem, wann es auch bald verlöschet, ich mich dannoch wärmen kann, wer mein Herz nicht siehet, glaubet, ich würde das ganze Haus verbrennen lassen; allein Camilla weiß schon, wann es Zeit zum löschen ist, (auch ab.)

Fünfter Auftritt.

Zimmer des Trifone.

Trifone im Schlafrock mit einem grossen Polster auf dem Magen, einen Stock in der Hand und eingebundenen Füßen, und Charlotte.

Trifone.

Der Herr Doctor hat mir ordiniret, daß ich achtzehenmahl hier hin und her gehen sollte, ich will zu seinem Recept nichts zusetzen, noch davon nehmen; nur dieses weiß ich nicht, ob ich nach der Länge, oder nach der Quer gehen solle; was glaubt dann ihr meine Schwester?

Charl. Daß dieses Possen sind, sechs Schritte mehr, oder weniger werden wohl die Füße nicht wegfallen machen.

Trifon

Trifon. Was Possen; dieses sollen Possen seyn? Ach ich armer Mann! alles will meinen Tod haben, kein Mensch hat mit mir Mitleiden; so lang ich lebe, bin ich noch nicht so krank gewesen, sehe ich nicht schon würcklich einem todten Menschen gleich.

Charl. Ja, einen Bachus.

Trifone Zum Henker, schweiget Schwester! sonst steiget mir die Galle in das Gehirne, ach weh! nun kommet mir die Husten auch schon wieder: (hustet, und besiehet mit Aufmerksamkeit den Speichel) was ist dieses vor ein Speichel? er ist mit Blut vermischet, es muß in mir ein Blutgefäß zersprungen seyn, geschwind rufet mir die Herren Doctores!

Charl. Ja, damit sie die Nasen darein stecken können.

Trifone Liebste Schwester! ich bitte euch! schweiget doch! (greift sich selbst den Puls) wehe mir! der Puls bleibt aus, fühlet nur selbst, ihr werdet ihn auch nicht finden.

Charl. Haben sie ihn dann in die Tasche gesteckt?

Trifone Ihr wollt mich rasend machen, ist dann niemand, der sich meiner erbarmet?

Charl. Aber was fehlt euch dann?

Trifone Was mir fehlt: habe ich nicht alle Krankheiten an mir, die vom Anfang der Welt, bis auf diese Stund bekannt geworden? ach! wie zittern mir die Knie; der Kopf möchte mir vor Schmerz zerspringen; es verdräht mir die Augen, alle Ingeweide sind angegriffen, der Hals ist mir geschwollen, und sogar die Zähne sitzen nicht mehr fest in dem Mund, ich bin nichts als Haut, und Bein,

Bein, ihr sehet es so gut als ich, und dannoch fragt ihr mich, was mir fehlet.

Charl. Ich sehe nichts, als daß ihr dick, und fett seyd! . . .

Trifone Eben dieses macht die Wassersucht.

Charl. Aber die Wassersüchtigen sehen nicht so aus; ihr seyd ja roth, wie eine Rosen.

Trifone Das macht der kalte Brand.

Charl. Und zum Essen habt ihr auch einen guten Appetit. Gestern Abends zum Nachtmahl einen ganzen Capaun, und eine Schüßlvoll gebackenes, und heute früh drey Becherl Chioccolade, ist eine schöne Diät für einen Kranken.

Trifone Weil ich die Wolfskrankheit habe.

Charl. Aber mit so vielen Krankheiten, an dem Halß sterbet ihr doch niemals.

Trifone Ach! es ist schon so viel, als ob ich in dem Grab läge, ihr Undankbahre! diese Freude werdet ihr bald erleben (weiset auf die Brust) hier! hier sitzet das Uebelste, dann ich empfinde es am besten . . allein ich bin fast selbst an allen Schuld.

Charl. Warum?

Trifone (ziehet zwey Apothecker Conto heraus) sehet nur, dieses sind zwey Conto von dem Apothecker, einer von dem verflossenen, und der andere von gegenwärtigen Monat, und daraus muß man den Unterschied meiner Gesundheit gleich erkennen, im vorigen Monat habe ich 41. Medicinen gebraucht, und in diesem nur 30. Ach! hätte ich nur heute früh die noch übrige 11. eingenohmen, so würde es nicht so übel mit mir seyn; allein ihr suchet alle meinen Tod! die Medici sind mit euch ver-

verstanden, und lassen mich ohne aller Hilfe dahin sterben.

Charl. Ja, mein lieber Bruder! ich sehe es nunmehro selbst ein, ihr seyd krank, recht sehr krank, aber nur an einer einzigen Krankheit.

Trifone Ach! was wird dieses wieder vor eine Krankheit seyn?

Charl. Sie stecket euch in dem Gehirne.

Trifone Ihr habt recht, ich spühre schon lang, daß sich ein Schlagfluß ansetzet .. dieses Monat überlebe ich vielleicht nicht mehr.

Charl. Den wie vielten haben wir dann heute?

Trifone Es ist der 28te.

Charl. So müßt ihr bald machen, wann ihr noch in diesem Monat sterben wollt; allein ehe ihr sterbet, so thut noch ein gutes Werk, und verheurathet mich und eure Tochter.

Trifone Ich habe als andere Sachen in dem Kopf, die Livia habe ich zwar schon dem Herrn Leonardo versprochen, und wann ich wüste, daß ich den Tod aufhalten könnte, wann ich mich mit einem Mediciner verschwäherte, so solltet ihr heute noch eine Frau Docterin werden.

Charl. Sind sie versichert, daß der Tod sodann Respect brauchen wird; ich mache mich demnach zur Heurath mit dem Herrn Vanesio gefasset, dann Herr Ortensio ist mir zu alt. Auf diese Art werde ich unsere Kinder, und das ganze Hauß die Medicin verstehen lernen, und ihr werdet noch wenigstens 50. Jahre leben können.

Trifone Deme ohngeacht bin ich doch stäts krank.

Charl. Ich weiß ein Mittel.

Trifone

Trifone Und was für eines?

Charl. Nehmet euch selbst eine Frau!

Trifone Ich armer kranker Mann heurathen? der Himmel bewahre mich nur vor einem solchen Gedanken! ich habe eine einzige Frau gehabt, und verlange keine mehr.

Charl. Hier kommen eben die Herren Medici.

Sechster Auftritt.
Ortensio, Vanesio, und die Vorigen.
Ortensio.

Quomodo quomodo Domine valemus?

Vanes. Salvete, salvetate . . . . Mademoiselle! . . mein Herr! ich bin ihr Diener.

Trifone Ach meine Herren! ich befinde mich sehr übel, um des Himmels willen schafen sie Rath, sonst muß ich sterben.

Vanes. Illico & imediate, holla! bringet Sessel her! (ein Bedienter kommet, und setzet 2. Sessel in Ordnung, aber für Trifone einen Schlafsessel in die Mitte.)

Ortens. (welcher bey Charlotte einen Verliebten machet, sagt) Mademoiselle sie sehen heute nicht gut aus!

Charl. Es hat nichts zu bedeuten.

Ortens. Erlauben sie zur Güte! (ziehet ihr den Handschuh ab, und fühlet den Puls.)

Trifone Lassen sie mich doch nicht crepiren!

Ortens. O was für ein chermantes Häuderl! .. der Puls ist etwas erhaben.

Charl. Und mir fehlt dennoch nichts.

Trifone

Trifone Herr Doctor! sehen sie lieber auf mich, dann ich bin der Kranke, und nicht sie.

Vanes. Mein Herr! da bin ich totus quantus.

Trifone (schreyet) ach weh, Hilfe! ich sterbe.

Ortens. Ich komme gleich . . . aber Mademoiselle spühren sie denn gar keine Schmertzen?

Charl. (unwillig lassen sie mich doch!

Trifone (schreyet noch stärker) Herr Ortensio?

Ortens. Gleich gleich! . . (zu Charl.) ihr Puls zeiget doch daß sie etwas übel auf sind.

Charl. (unwillig) Nein sage ich ihnen, mir fehlet nichts.

Trifone Herr Ortensio!

Ortens. Gedult! . . . (zu Charlotte) nehmen sie ein gelind abführendes Mittl.

Charl. Mein Herr! mir fehlet nicht das geringste, und sollte mir ja einmahl was fehlen, so verlange ich keinen andern Medicum, als den Herrn Vanesio (gehet mit einem verliebten Compliment gegen solchen ab.)

Vanes. (bey sich) Ja wann Livia nicht wäre, so könnte Charlotte sich schon einige Hoffnung machen. . . .

Trifone Aber um des Himmels willen! hören sie doch auf mich, meine Herren.

Ortens. Wohl mein Herr! wir wollen nun das Consilium anfangen (beyde Doctores setzen sich.)

Vanes. Illustrissime Domine! hier sind wir zu dero Befehl.

Ortens.

Ortens. Nun! was fehlet ihnen mein Herr?

Trifone Das ist schön, sie curiren mich schon drey Jahr, und wissen noch nicht was mir fehlet.

Vanes. Sie haben die Strauchen!

Ortens. Eine Lähmung.

Vanes. Das vier tägige Fieber!

Ortens. Die Lungensucht.

Vanes. Eine Fistl.

Ortens. Die Colica.

Vanes. Das Seittenstechen.

Ortens. Die rothe Ruhr ..

Trifone Meine Herren! ich glaube es gern, daß ich alle diese Krankheiten habe, allein daß halt bald diese, bald jene mich mehr plaget.

Ortens. So haben sie alle diese Krankheiten?

Vanes. Alle?

Trifone Ja, alle! alle!

Ortens. Das geht an.

Vanes. Das hat nicht viel zu bedeuten.

Trifone Sollte ich dann noch mehr Krankheiten an dem Halß haben? ich glaube, diese wären zum Ueberfluß genug, was vermeinen sie also meine Herren, sollte mir wohl noch zu helfen seyn?

Ortens. Die Puls mein Herr! die Puls: (beede Doctores nehmen ein jeder eine Hand des Trifone, und greifen ihme mit verschiedenen Grimassen die Puls.) Quid dicitis?

Vanes. Ego dico, daß, diese Puls keinen Teufel nutz seye.

Ortens. Bene! bene!

Vanes. Sie ist unterbrochen!

Ortens. Optime!

Vanes.

als Nebenbuhlerinen.

Vanes. Jetzo gehet sie wieder schnell.
Ortens. Gut! gut!
Vanes. Sie hupfet ..
Ortens. Desto besser.
Vanes. Jetzt bleibt sie gar aus.
Ortens. Unvergleichlich ..
Vanes. Herr Collega! habe ich nicht jederzeit gesagt, daß die Krankheit des Herrn Trifone in dem Unterleib sitzet?
Ortens. Bewahre der Himmel, hier! in dem Haupt hat sie ihren Sitz.
Vanes. Das ist ja alles eins.
Ortens. Sehen sie, daß wir einstimmig sind.
Vanes. Nicht wahr Herr Trifone! mein Herr Collega wird ihnen beständig Gebrattenes zu essen verordnet haben?
Trifone Nein, er hat mir vielmehr solches verbotten, und lauter Gesottnes, und Eingemachtes vorgeschrieben.
Vanes. Nu ja Gesottnes, und Gebratenes, ist ja fast eines.
Trifone Meine Krankheit möge nun in dem Haupt, oder in dem Unterleib sitzen, sagen sie mir nur zur Güte, was ich dann vor eine Krankheit habe?
Ortens. Es ist eine Krankheit ..
Vanes. Ja gantz gut! eine gewisse Krankheit..
Ortens. Es sind pocondrische, spasmodische, und anziehende Ursachen ...
Vanes. O ich bitte um Vergeben! es sind Moti convulsivi.
Ortens. Das ist alles eins, alles eins!
Vanes. Just das Gegentheil, Herr Collega!

Ortens.

Ortens. Und ich aber sage ja!

Vanes. Ich will es beweisen.

Ortens. Das sind sie nicht im Stande.

Vanes. Das Zwergfell . .

Ortens. Distinquo!

Vanes. Die Convulsionen . .

Ortens. Concedo!

Vanes. Das Blut . .

Ortens. Nego totum!

Trifone Meine Herren! ereifern sie sich nicht! ich will gern allen beyden Recht lassen, ich bitte sie nur um ein Mittel wider so viele Krankheiten.

Ortens. Ein Recept des Hyppocrates.

Vanes. Ein anderes von Galenus!

Ortens. Ein Decoctum!

Vanes. Eine Clystir!

Ortens. Eine Aderlaß!

Vanes. Nein! Schrepfen!

Ortens. Salsa pariglia!

Vanes. Ein Laxativ!

Ortens. Englisches Saltz!

Vanes. Eine Salbe!

Ortens. Gute Diät.

Vanes. Brav essen und trinken!

Ortens. Keinen Fisch.

Vanes. Fische und Fleisch, was ihnen vor das Maul kommt.

Ortens. Wasser.

Vanes. Burgunder Wein.

Ortens. Hübsch im Bett!

Vanes. Brav spazieren!

Ortens. Glauben sie mir, wann sie gesund werden wollen . .

Vanes.

als Nebenbuhlerinen.

Vanes. Folgen sie mir! sonst bringt er sie um.
Ortens. Hypocrates schreibt es selbst also vor.
Van. Die Marktschreyer machen es nicht anders.
Ortens. Ihr verstehet nichts.
Vanes. Gehet erst in die Schul, und lehrnet selbst etwas.
Ortens. Ein Doctor, wie ein alter Stiefel.
Vanes. Der seyd ihr!
Ortens. Ich will es euch beweisen aus Büchern, die ihr nie gelesen habt.
Vanes und ich werde sehen, daß ihr diese Bücher selbst nicht versteht.
Ortens. Verwegener!
Vanes. Unwissender!
Ortens. Maulreisser!
Vanes. Alter Narr!
Ortens. Das werden wir sehen.
Vanes. Ja, wir werden es sehen.
Trifone Auf diese Art, werde ich schön curiret werden.
Ortens. Geben sie sich diesem Strohkopf nicht in die Chur, sonst sind sie in 4. Tägen begraben. (gehet zornig ab.)
Vanes. Ihm zum Trotz will ich sie im kurzen gesund machen, dann der Stockfisch bringt sie mit dem ersten Recept um das Leben. (geht ebenfahls zornig ab.)
Trifone Geduld ihr Herren! . . . geben sie sich doch zufrieden . . ach ich armer kranker Mann! . . meine Krankheit muß incurabel seyn . . weil sie sich so darum zanken, ich will nur trachten sie wieder auszusöhnen (gehet auch langsam mit vieler Mühe ab.)

Zwey-

Zweyter Aufzug.

Erster Auftritt.

Das Theater ist der erste Saal mit Seiten-Thüren.

Livia, Camilla.

Camilla.

So hören sie mich doch an Livia!

Livia Reden sie Herr Graf von jemand andern, so will ich sie anhören.

Camilla Leonardo will sich mit ihnen aussöhnen, und Friede machen.

Livia Er soll es mir selbst antragen.

Camilla Sie lieben ihn doch?

Livia Ich kann es nicht läugnen.

Camilla Warum fliehen sie ihn dann?

Livia Ich will nicht die erste seyn, so nachgiebt.

Camilla Aber so saget Leonardo auch.

Livia Wohl! so bleibe ein jedes für sich.

Camilla Ich weis doch, daß sie nachgeben werden.

Livia Es geschieht gewiß nicht.

Camilla Sie machen mich in der That lachen, wo ist wohl jemals ein Herz gewesen, welches, in Haß, oder in der Liebe unveränderlich war; ein Frauenzimmer ist ein schwaches Rohr, welches wanket, und keine Marmor Säule so immer vest stehet: verstellen sie sich nur immer, wie sie wollen, ich weiß doch, daß sie ehender nachgeben, als den Leonardo lassen werden.

Livia Ich nachgeben? nein! es ist wahr, ich liebe ihn, ich habe ein sanftmüthiges Herz, deme ungeacht wird er bey mir mit Trotzen nichts ausrichten, ich bin unschuldig, und habe ein Vermögen, welches mir schon einen Mann verschafen wird. Der jenige aber, so mir die erste Grobheit erwiesen, soll mir wenigstens nicht auch die zweyte erweisen; sogar die Turteltauben haben eine Gall, warum denn nicht auch wir Frauenzimmer? es ist wahr, ich habe Leonardo geliebet, und liebe ihn vielleicht noch, aber ich bin auch im Stande, wann er also fortfahrt, ihn eben so sehr zu hassen.

Camilla Ja, ja! .. sie werden sich doch vergleichen. (hönisch.)

Livia Glauben sie dieses nicht, Herr Graf! ich werde den Ungetreuen zwar beweinen, aber auch zugleich verabscheuen, ich werde allen Gramm verbergen, und meinen geheimen Schmertz soll weder ein Seufzer, noch eine Thräne verrathen.

Camilla (lachend.) Und zu letzt wird es doch zu einem Vergleich kommen.

Livia Ich werde es gewiß nicht thun, wann er nicht zu erst nachgiebet, und mich um Vergebung bittet, ich bin ein Frauenzimmer, ich bin eine Liebhaberin, aber auf meine Ehre, und auf die Hochachtung, so man mir schuldig ist, halte ich allzuviel.

Camilla Sie werden also das erste Frauenzimmer von dieser Art seyn; allein ich sehe gewiß das Gegentheil. (lachend.)

Livia Ich kann nicht begreifen, wie Ihnen nur ein solcher Gedanke einfallen kann, sie sollten

vielmehr wider Leonardo meine Parthie nehmen..
allein sie sind auch ein Mannsbild, und dieses ist
genug gesagt... Ja sie sollten ihme beybringen,
wie erzörnt, und aufgebracht ich seye, und daß er
in Gefahr laufe, mich auf allezeit zu verliehren.

Camilla Nein, Livia! so närrisch bin ich nicht,
ich lese aus ihren schönen Augen, daß ihr Zorn nur
eine Verstellung ist, und daß ich zulezt nur der Gefopte wäre. Ich wuste wohl, was ich sowohl zu
ihren, als des Leonardo Besten thun könnte, allein
ich sehe zum voraus, daß sie niemals Muth genug
haben würden, meinem Rath zu folgen. Sagen sie
immer was sie wollen, sie sind bereits seine Scla-
vin, und werden ihm auch wieder ihren Willen
nachlaufen.

Livia Ein Frauenzimmer so Vernunft hat,
kennet in der Liebe keine Sclaverey, so lang ich
jung, und reich bin, habe ich nicht Ursach die Liebe
von einer Mannsperson zu erbetteln.

Camilla Verzeihen sie mir, nun kann ich das
Lachen unmöglich mehr halten; ein Frauenzimmer,
welches mit ihrem Liebhaber trotzen will, muß wenigstens ein paar andere auf der Seite haben, dann
kann sie ihm Gesätze vorschreiben, und er muß gehorchen, wann er anders sie nicht verliehren will,
folgen sie diesem Rath, machen sie es auch also;
ich liebe sie bereits einige Zeit, da sie aber jederzeit
sich spröde gezeiget, so habe ich mich niemals unter-
fangen wollen, ihnen solches zu offenbahren....
Allein was rede ich, sie sind ihrem Leonardo allzu
getreu, und er hat bereits allzu viele Herrschaft
über sie, welche er nur gar zu wohl zu gebrauchen
weiß.

Livia

als Nebenbuhlerinen.

Livia Sie machen mich noch rasend, und bringen mich auf das Aeusserste; sind sie versichert, daß ich im Stande bin alles zu unternehmen, wann sie die Wahrheit geredet hätten; allein ihr Herren seyd mit der Liebe so freygebig, wie mit dem Schnupf-Toback .. ist es ihr Ernst mich zu heurathen.

Camilla Gantz sicher!

Livia Hier haben sie meine Hand, begehren sie mich von meinem Vater!

Camilla Gantz gehorsamster Diener, Mademoiselle Livia! ich sollte sie von ihrem Herrn Vater begehren, damit, wann sie wieder ihren Sinn änderten, ich der Welt zum Gelächter würde. Nein, die Ehre eines Cavaliers setze ich keiner solchen Gefahr aus, und lasse mich nicht so leicht auf das Eis führen. Meinen Nebenbuhler achte ich nicht ... ihr Herr Vater wird gewiß einwilligen, ... aber wann sie ihr Wort nicht hielten, würde ich die Welt stürmen .. Nein, nein! ich lasse mich so blinderdings nicht so weit ein, wann ich von ihnen keine schriftliche Versicherung erhalte .. so müste ich jederzeit beförchten .. daß ihnen wieder Leonardo einfiele. ..

Livia (bey sich.) Ja, ja! .. es ist beschlossen, ... ich habe mir in den Kopf gesetzt Leonardo zu bestraffen .. (zu Camilla) gedulden sie sich einen Augenblick! ... sodann werde ich mich näher erklären (gehet zu dem Schreibtischel und schreibet.)

Camilla (bey sich) Endlich habe ich sie, wo ich sie haben wollen; ach wir unglückseelige Frauenzimmer! daß wir doch bloß gebohren sind dem Eigensinn derer Männer zu gehorchen, ach rächet
C euch

euch doch ihr Jungfrauen nach meinem Beyspiel, an denen ungetreuen Mannsbildern! dann auch ich hintergehe sogar meines gleichen, um mich an einem solchen Falschen zu rächen.

Livia Hier Herr Graf! (giebt ihm das Blat, so sie geschrieben) lesen sie was ich geschrieben .. Ich verhoffe, sie werden damit zufrieden seyn, und da ich ihren Willen erfülle, so mißbrauchen sie auch meine Güte, und Schwachheit nicht! (gehet ab.)

Camilla Laßt sehen, was sie geschrieben (lieset still) allein es kommet Leonardo . . . nun muß ich den Streich gar ausführen (steckt die Schrift geschwind in die Tasche.)

Zweyter Auftritt.

Camilla, und Leonardo.

Leonardo.

Ich habe Livia von hier gehen gesehen, haben sie mit ihr gesprochen? was hat sie geantwortet?

Camilla Nicht das mindeste.

Leon. Haben sie dann nicht wegen meiner mit ihr gesprochen?

Camilla Ja, fast eine Stunde.

Leon. Und was läßt sie mir sagen?

Camilla Das weiß ich nicht.

Leon. Ich verstehe sie nicht Herr Graf!

Camilla Desto besser für sie.

Leon. Aber warum?

Camilla Sie werden es noch früh genug verstehen.

Leon.

Leon. O! sind sie ohne Sorgen, und versichert, daß ich bey allem, was ein leichtsinniges Frauenzimmer unternehmen kann, gleichgültig bin, sagen sie mir aufrichtig, was sie mir zu sagen haben, es möge gut, oder übel seyn, so werden sie finden, daß ich mehr ein Philosoph bin, als mich wegen einen Weibsbild zu ärgern.

Camilla Bravo mein Freund! so handeln sie vernünftig, als ein wahrer Philosoph werden sie selbst erkennen, daß der Unbestand in unsern Leben ein grosses Gut seye, wie übel wäre es, wenn die Luft und Erde immer einerley; wenn der Mensch stäts jung, ein Richter stäts gelind, und ein Räuber allezeit unbarmherzig verbliebe, wir würden also entweder stäts Nacht, oder Tag haben, und die menschliche Gesellschaft wurde endlich gar aufhören; was wollen wir uns also über die Frauenzimmer, denen die Unbeständigkeit angebohren ist, aufhalten: die Vernunft lehret uns vielmehr, daß wir ihren Wankelmuth mit einer philosophischen Gelassenheit übertragen sollen.

Leon. Ich bin dießfals vollkommen ihrer Meinung! . . göttliche Philosophie! wie sehr nimmst du mich ein? . . Allein auf unsern Zweck zu kommen, was haben sie mir dann von Livia zu sagen? gewiß wieder eine weibliche Schwachheit? . . reden sie doch!

Camilla Diese Schrift wird ihnen alles erklären (giebt ihm solche.)

Leon. Ich habe mir gleich einfallen lassen, daß sie nachgeben wird, wir wollen doch ihre Entschuldigung hören (liest) „ Ich Endes benann„ te bezeuge durch eigene Unterschrift meinem Va„ ter auf das feyerlichste, daß ich ehender das Le-

„ben lassen, als den Leonardo zu meinen Gemahl
„annehmen will; hingegen erwähle ich der gantzen
„Welt zum Trotz den Grafen Ernesto zu meinen
„Bräutigam, dieses verspricht und beschwöret Li-
„via „. Ha! verdammte Hexe! ist dieses die
Liebe, und Treu so du mir geschworen?.. warthe
Nichtswürdige! ich will dieses vermaledeite Blat vor
deinen Augen zerreissen, deine Falschheit soll dir
theuer genug zu stehen kommen.

Camilla Mein Freund! vergesset nicht, daß
ihr mehr ein Philosoph seyd, als daß ihr euch wegen einen Weibsbild ärgern solltet.

Leon. Nein! dieses kann ich ihr nicht verzeihen, ich muß gerochen seyn, oder die Wut benimmt mir selbst das Leben.

Camilla O göttliche Philosophie!

Leon. Ach werther Freund, nicht wahr? sie verachten diese Nichtswürdige? sie bekümmern sich wenig um dieses verdammte Blat?..

Camilla Was wurden wohl sie als ein Philosoph thun, wenn sie an meiner Stelle wären?

Leon. Ich wurde ihr antworten, daß sie meiner nicht würdig seye, daß, wann sie einen Mann haben will, sie sich um einen Niederträchtigen ihres gleichen umsehen solle, und daß sie von mir nichts zu hoffen habe.

Camilla Und ich als ein Philosoph, will sie diesen Abend noch ehligen.

Leon. Wie Herr Graf! ich erstaune.. sie haben mir ja niemals gesagt, daß sie Livia lieben.. was ist dieses vor eine Veränderung?

Camilla Mein Freund! wie können sie sich dieses als ein Mann (der zu allen, was ein leicht-
sinni-

sinniges Frauenzimmer unternehmen kann, gleichgiltig ist) so zu Herzen geben lassen? .. nehmen sie die Philosophie zu Hülfe! überlegen sie! daß, wenn ich Livia heurathe, und sie etwa noch heimlich den Leonardo liebet, sie sodann genugsam bestraffet ist, überlassen sie mir also solche, und rächen sie sich hierdurch als ein Philosoph.

Leon. Meine Ehre laßt es nicht zu, entweder Herr Graf entsagen sie der Liebe der Livia, oder meiner Freundschaft bin ich auch am Stande ihnen nicht gleich, so bin ich dennoch nicht schuldig, mir von ihnen meine Liebste rauben zu lassen, und sind sie nur versichert, daß ich zwar wenig rede, aber viel zu unternehmen fähig bin.

Camilla Aber Herr Großsprecher! ich bitte sie! übereilen sie sich doch nicht, sie wollen mich ja fast mit ihren grimmigen Blicken tödten? (spottend) lieber als ich mit ihnen .. etwas haben wollte .. bin ich im Stande .. und thue was mir beliebt. (ernsthaft) Verwegener! glauben sie nur, daß mir an ihnen nichts gelegen, und daß ich meinen Degen auch nicht umsonst trage.

Leon. Sie wollen also eine Nichtswürdige vertheidigen?

Camilla Holla! brauchen sie mehrere Hochachtung für meine Braut .. wollen sie aber gar verzweifeln, so weiß ich ihnen keinen bessern Rath, als springen sie ins Meer, oder hängen sie sich auf. (gehet ab.)

Leon. Wann ich heute nicht zum Narren werde, so geschieht es gewiß Zeit Lebens nicht mehr. (gehet auch gantz verwirrt ab.)

Dritter Auftritt.

Voriges Zimmer des Trifone.
Trifone wie vorhero, Charlotte, und Livia,
Trifone.

Entweder lasset mich allein, oder suchet mir die Zeit zu vertreiben, ich habe ein Laxativ eingenohmen, dahero muß ich das Gemüth ruhig, und zufrieden erhalten.

Charl. Wer hat euch dann solches vorgeschrieben?

Trifone Redet etwas stiller meine Schwester!

Livia Haben sich dann die Herren Doctores schon wieder verglichen?

Trifone Etwas weiter auf die Seite meine liebe Tochter. (Charlotta und Livia gehen jede völlig an die Scene, Trifone bleibt in der Mitte.)

Charl. Wer weiß, was sie euch aus Zorn eingegeben haben?

Livia Vielleicht bringt es mehr Schaden, als Nutzen?

Trifone Redet doch nicht beede zugleich!

Charl. (machet mit dem Maul, sund den Händen Bewegungen als ob sie redete.)

Livia (machet ein gleiches.)

Trifone Ich höre kein Wort, was ihr saget.

Charl. (gehet zu ihm, und schreyet ihm stark in das Ohr.) Herr Bruder! das Laxativ.

Livia (wie Charlotte) Herr Vater die Doctores.

Trifone Schreyet nicht so stark, ihr machet mich sonst thörisch!

Livia

Livia (indem ſie wieder an ihr Ort gehet, ſtill zu Charlotte) die Doctores machen meinen Vater noch närriſch)

Charl. (wie Livia) Sie haben wohl recht.

Trifone (nähert ſich ihnen) was ſagt ihr? (Charl. Livia ſchreyen ihm wieder in das Ohr) ſind ſie dann taub?

Trifone Was taub . . . ach es kann leicht ſeyn, daß ſich ein Fluß aus dem Granio vor das Gehör gezogen hat... Dieſes einzige gienge bey allen meinen Krankheiten noch ab, ja, ja . . ich ſpühre, daß es mir in denen Ohren ſauſet, und prauſet, als ob ein Tambour darin die Tromel ſchlüge . . es iſt kein Zweifel mehr, ich bin taub . . ſtille! ſaget ganz leiſe etwas zur mir, ich will probiren, ob ich höre . .

Charl. Mein Bruder! laſſet doch einmal dieſe Narrheiten beyſeits; ihr ſeyd ſtark, friſch, und geſund, allein die Doctores wegen ihren eigenen Vortheil machen euch mit Gewalt krank, und da ſie euch ſchon an dem Weißbändel haben, ſo werden ſie euch entweder bald zu tod, oder zum Narren curiren.

Trifone Jezt merke ich, daß ich ſicher gehörlos bin, es ſcheinet mir, als ob ich verſtanden hätte, daß ich ſtark, friſch und geſund ſeye, daß die Doctores mich bald zu tod, oder zum Narren curiren wollen . . wie kann meine Schweſter ſo reden, da ſie doch täglich meine Krankheiten zunehmen ſieht, und da die Doctores, welche gut bezahlt werden, gewiß nicht den Tod des Patienten verlangen . . es iſt gar kein Zweifel mehr, ich bin taub.

Livia So hören sie mich auch an Herr Vater! ich will nicht mehr den jenigen zum Gemahl, dem sie mich versprochen haben; ich wurde durch ihn eine Burgerin bleiben, da ich doch eine Gräfin werden kann, und kommt es ihnen gleich schwer an, ihr Wort zuruck zu nehmen, so erfordert doch solches meine Wohlfahrt, und die Rache . . .

Trifone Ach ich armer thörischer Mann! . . . ich höre etwas von nicht wollen, von einer Burgerin, von einer Gräfin von der Wohlfahrt, und Rache, allein ich verstehe von allen kein Wort . . . nun stehe ich frisch . . . und was das gröste Uebel von allen ist, so werde ich nicht einmahl mehr hören, was mir die Doctores ordiniren, . . . wann ich mich nicht warm halte, . . . wird der Fuß vielleicht noch stärker werden, he!

Vierter Auftritt.

Hannswurst, und die Vorigen.

Hannswurst.

Was schafen sie Herr Trifone?

Trifone Ist denn niemand von meinen Bedienten da?

Hansw. Nein! es ist sonst keiner im Vorzimmer, als ich.

Trifone So seye er also so gut, mein guter Freund! und hohle er mir aus meinem Schlafzimmer 3. oder 4. Schlafhauben, meine Reißmütze, und den Pelzmantel anhero!

Hansw. Sie sollen sogleich bedient werden. (gehet ab.)

Charl.

als Nebenbuhlerinen.

Charl. (schreyet ihm wieder in das Ohr) was wollet ihr dann mit allen den Gezeug machen?

Trifone Der Medicus hat mir öfters gesagt, daß mein Zustand Wärme erfordere.

Livia (schreyt ihm ebenfahls in das Ohr) der Medicus bringet sie um, Herr Vater!

Trifone Geduld! wann er es nur für gut befindet.

Fünfter Auftritt.

Hannswurst mit den anverlangten Sachen und die Vorigen.

Hannswurst.

Hier sind die 3. Schlafhauben, die Reißmütze, und der pelzerne Mantel!

Trifone Gebt her! (setzet eine Schlafhauben auf) die andere auch!

Hansw. (Lazo ihme die anderen zwey Schlafhauben über die erste tief in den Kopf zu setzen.)

Trifone (schreyt) was macht er? ich glaube, er will mich erwürgen? . . . nur die Reißmütze!

Hansw. (thut ein gleiches mit der Reißmütze.)

Trifone (schreyt) wer hat ihm dann geschaft, mir also zu begegnen? . . geschwinde den Mantel!

Hansw. (giebt ihm auch mit Lazo den Mantel um.)

Trifone (schlägt sich recht fest in den Mantel ein) He! guter Freund! bring er mir einen Sessel!

Hansw. Gleich werde ich sie bedienen (bringet einen grossen Lähnsessel, und setzet solchen in die Mitte.)

Trifone (setzet sich) Auf solche Art wird mir die Luft wohl nicht viel schaden können.

Hansw. Haben sie sonsten nichts mehr zu befehlen?

Trifone Nein! ich danke ihm mein guter Freund für seine Mühe, ich wollte ihm gerne was schenken, er ist aber ein wenig zu grob mit mir umgegangen.

Hansw. Nu so bleiben sie mir das Trinkgeld schuldig, bis ich höflicher werde. (und gehet ab)

Charl. Aber liebster Bruder! ihr habt ja nun eine ganze Quarderobe auf eurem Leib.

Livia Herr Vater! wann sie nun aus Hitze verschmachten, so sterben sie doch nach der Regel.

Trifone Was sagt ihr? ich verstehe euch nicht!

Charl. Das glaube ich gerne, sie haben ja die Ohren genugsam vermummet.

Trifone Redet läuter! ich bin ja gänzlich taub.

Livia Thun sie doch das Bauschwerk von denen Ohren, so werden sie schon hören (will ihm die Hauben und den Mantel wegnehmen, er lasset es aber nicht zu.)

Trifone Lasset mich doch gehen, ich will mich lieber zu Tod schwitzen, als gehörlos bleiben.

Sechster Auftritt.
Ortensio, Vanesio, und die Vorigen.

Ortensio.

Wie geht es mein Herr Trifone? was haben sie dann da für ein Equipage auf dem Leib?

Vanes.

Danes. Haben sie das kalte Fieber, oder wollen sie verreisen?

Trifone Meine Herren! ich verstehe sie kein Wort.. ich habe jezt eine Krankheit mehr... ich bin taub.

Ortens. Taub?

Charl. Glaubens sie es nicht!

Danes. Haben sie das Gehör verlohren?

Livia Nach seiner Einbildung.

Danes. Das kommt von der Melancholey her.

Ortens. Nein! von einem starken Fluß.

Charl. Meine Herren! wann sie wieder zu zanken anfangen wollen, so machen sie meinen Bruder vollends närrisch.

Livia Lassen sie ihr disputiren bey Seits, und bringen sie meinem Herr Vater [lieber] seine Phantasien aus dem Kopf.

Trifone Meine Herren! was solle ich auf den Kopf legen?

Charl. (zu Ortensio, welcher nicht auf Trifone Achtung giebet) mein Bruder redet mit ihnen Herr Ortensio!

Ortens. Ich aber wünsche mit ihnen zu reden, und da uns Herr Trifone ohnehin nicht höret, so nehme ich mir die Freyheit ihnen zu entdecken, daß ich sie liebe, diese schelmische Augen, diese blühende Wangen sind für mich mehr als Rebarbara und Theriack, ja eine völlige Herzstärkung, sie führen mich ab, und stärken mich zugleich, wie das Antimonium, und die Krisis so sie hervorbringen, könnten ein Matrimonium seyn, was sagen sie dazu.

Charl. Mein Herr! ich heurathe keine Apothecken. (gehet ab.)

Trifone (welcher ihnen genau zugehöret, und einige Worte aufgefangen.) Was vor ein Schneck ist dann in die Apothecke gegangen, daß er mit dem Theriak, und Rebarbara noch nicht da ist, bringet er das Antimonium und Matrimonium auch mit?

Vanes. Es ist gantz sicher, daß alle Kraft in lapidibus, herbis, & verbis bestehe, nicht wahr Mademoisele Livia?

Livia Herr Doctor! wissen sie kein Recept wider die Krankheit der Liebe.

Vanes. Recipe . . einen Doctor, wie ich! probatum est.

Livia Gut! lassen sie sich vorhero pulverisiren, daß ich sie sodann in einer Fleischbrühe einnehmen kann. (geht ab.)

Trifone (wie vor) Ja, ja! eine Fleischbrüh . . geschwind! geschwind! daß man mir eine bringe . . es wäre eben nicht nöthig gewesen, daß meine Tochter selbst darum gegangen; allein sie liebet mich eben so sehr, als meine Schwester, beyde verdienen, daß ich sie versorge, Herr Banesto! wollen sie solche heurathen?

Ortens. Ja, ich heurathe sie auch.

Trifone Etwas läuter! etwas läuter!

Vanes. (zu Ortens.) schweigen sie! sie taugen nicht für solche.

Ortens. Ich tauge nicht für sie?! Herr Collega!

Vanes. He! Herr Collega! machen sie keine Witläufigkeiten!

Ortens. Aber warum tauge ich nicht für sie?

Vanes. Weil sie zu alt sind.

Ortens. Nego, arci nego totum.

Vanes. Ich beweise ihnen solches durch den Augenschein.

Ortens. Das ist eine grosse Schwachheit, zu läugnen, was doch die gantze Welt siehet.

Ortens. (zu Trifone) geben sie mir ihre Tochter, ich nehme sie den Augenblick.

Vanes. Sie haben ja mir solche angetragen.

Trifone Ich verstehe kein Wort, reden sie lauter, sage ich.

Ortens. Mir gehöret sie zu.

Vanes. Nein, mir.

Trifone Ueber was zanken sie sich dann schon wieder?

Ortens. Herr Trifone soll es entscheiden.

Vanes. Gut! wir müssen ihn aber ehender curiren.

Ortens. Quid agendum?

Vanes. Machen wir ihm nur die Ohren frey (nimmt ihm alle Hauben, und den Mantel ab.)

Ortens. Nun wollen wir ihn trepaniren.

Vanes. Von einem Ohr zu dem andern.

Ortens. Geschwind einen Bohrer her!

Vanes. Bringet auch 2. grosse Nägel und einen Hammer mit!

Trifone Um des Himmels willen meine Herren! mein Kopf ist ja kein eichenes Brett.

Ortens. So hören sie also?

Vanes. Mithin sind sie nicht mehr taub?

Trifone Freylich höre ich jetzo wieder, aber vorhin habe ich nichts gehöret.

Ortens. Dieses rühret von der Melancholey her.

Vanes.

Vanes. Vielmehr von der Einbildung.

Ortens. Die Einbildung ist eine Tochter der Seele, sie machet, daß man gedenket, und sich beweget, wann aber die Säft sich verdicken, so betriegt sie auch die Sinnen, steiget nun ein hitz'ger Dunst in die Höhe, so bleibet die Einbildung in ihrer Hitze, und es entstehet ein Fieber in dem K pf; kommet eine gähe Feuchtigkeit aus dem Magen, so entstehet eine Brust-Krankheit: sind aber die Dünste in grosser Menge, und von allen Gattungen, da ist es aus, und es erfolget der Tod. . . Auf solche Art scheinet oft einem, der schläft, daß er falle, fliehe oder sonst etwas vornehme; wecket man ihn sodann auf, so erkennet er seine Träumereyen, und belachet solche, ermuntern sie sich auch einmahl Herr Trifone von ihren Träumereyen, so werden sie gleich gesund seyn. (gehet ab.)

Trifone Aber wie stelle ich solches denn an?

Vanes. Dieses werde ich ihnen weisen, hören sie! gleichwie der Diamant eine grössere Schönheit, und Glantz überkommet, wann er geschlifen wird: so muß auch der jenige, welcher seine Einbildungen curiret wissen will, solche auf dem Schleifstein der Vernunft so lange abziehen, bis gar kein Mackel einer verwirrten Einbildung übrig bleibet; und sodann . .

Trifone Herr Doctor! ich glaube, es wurde ihnen so wenig, als ihrem Herrn Collega schaden, wann beyde sich auch ihre Phantasien auf dem Schleifstein der Vernunft poliren liessen. (gehet ab.)

Vanes. Einen Kranken muß man reden lassen . . und seiner schönen Tochter wegen muß man ihm noch ein mehreres zu gut halten.

Siebender Auftritt.

Vanesio, und Leonardo.

Leonardo.

Wie geht es Herr Doctor? . . ist es dann wahr, was man höret . . .

Vanes. Wenn sie ein Papier bey sich haben, will ich ihnen sogleich ein Recept aufschreiben.

Leon. Für was? ich bin nicht krank.

Vanes. Ich will ihnen eine Herzstärkung verschreiben, welche sie auch wegen den Verlurst ihrer Braut wohl gebrauchen werden . . Herr Trifone hat mir si volo uxorem ducere, seine liebenswürdige Tochter selbst angetragen, und auch versprochen . . Mein Freund! quid agendum? . . Sie werden mir es doch nicht übel nehmen.

Leon. Was zum Geyer ist dieses wiederumen? wie viele Männer giebt man denn hier zu Lande einem Mädl auf einmal? auch der Graf Ernesto ist ihr Bräutigam; was mich anbelanget, will ich ihnen solche gern überlassen, aber der Graf wird es niemals thun . .

Vanes. Der wird sich schon besinnen, und nicht seinem Unglück entgegen gehen . . der arme Graf, wann er sich mit der Medicin verfeindet, so setzet er sein Leben in Gefahr . . er kann unter meine Hände kommen, und da will ich ihm den Puls also greifen, daß der Todengraber schon zum voraus das Grab machen darf.

Ach-

Achter Auftritt.

Camilla, und die vorigen.

Camilla welche ruckwerts die lezte Rede des Vanesio mit angehöret, hervor.)

Camilla.

Wer sich so gut auf das Pulsgreiffen verstehet, der probire es an meinen Degen. (ziehet solchen.)

Vanes. Meynen sie mich? was habe ich ihnen Leides gethan?

Camilla Der jenige, so Livia zur Braut haben will, muß es bevor mit mir ausmachen, und da ich ohnehin sterben muß, wann ich mich mit der Medicin verfeinde, so will ich doch wenigstens die Ehre haben den Herrn Doctor voraus zuschicken.. nur zum Degen gegrieffen! hier braucht es nicht viel Umstände.

Vanes. Ich will meinen Lorberkranz nicht mit Blut netzen, cedant arma Togæ sagte Cicero, und ich bin seiner Meinung.

Camilla Weil ihr eine feige Meme seyd.

Vanes. Reden sie mit mehrer Achtung, ich bin ein Medicus, und kann ihnen alle Krankheiten aus einem ganzen Hospital auf dem Hals wünschen.

Camilla Daran lieget mir nicht viel.. wenn ich euch nur den Degen durch die Rippen stossen konn.

Vanes. Ihr sollt die Gicht in allen Gelenken, Mußkeln, und in den Adern bekommen!

Camilla Wie der Lumpenhund für Furcht zittert!

Vanes.

als Nebenbuhlerinen.

Vanes. Die Füße sollen euch wie einem hundert jährigen Eichbaum dick werden, und der Bauch wie ein zehen Eymeriges Faß aufschwellen.

Camilla. Und dir Hasenfuß sollen Esels Ohren wachsen!

Vanes. Die Haut soll eure Beiner nicht bedecken, und die Haare sollen euch alle ausfallen.

Camilla Sonsten nichts mehr?

Vanes. Daß ihr noch dazu in einem Tag Wassersüchtig, Schwindsüchtig, krum und lahm werdet?

Camilla Und was noch?

Vanes. Ihr sollt blind, taub, bucklicht, und närrisch werden, kein Zahn soll euch in dem Maul bleiben.

Camilla Ich bin vor die gute Meinung verbunden.

Vanes. Und wann ihr alle diese Krankheiten an dem Leib habt, so soll erst 3. Tag nach eurem Tod ein Medicus euch wieder curiren (lauft zornig ab.)

Neunter Auftritt.

Camilla, Leonardo.

Leonardo.

Endlich hat er ausgeraset, nun kömmt die Reihe an mich, Herr Graf! ich bin zwar kein Medicus, der das Leben und Tod eines andern in Handen hat, allein wenn sie auf Livia einen Ausspruch machen, so sage ich ihnen frey heraus, daß ich es niemalen zugeben werde, sie können nun thun, was ihnen

ihnen beliebet, es stehet ihnen meine Freundschaft so, wie mein Degen, zu Diensten.

Camilla Herr Leonardo! sie zeigen, daß sie Herz haben, und ich muß ihnen Gerechtigkeit widerfahren lassen . . ich verlange von ihnen eine gantz andere Genugthuung, dann, da ich mit kalten Blut unsere Zwistigkeit überleget habe, so will ich ihnen weisen, daß ich als ein Freund mit ihnen zu handeln gesinnet bin, und es schon so viel sey als ob wir vereiniget wären, wann ihnen mein Vorschlag anständig ist.

Leon. Sie können versichert seyn, daß ich ein Mensch bin der Ehr im Leibe hat, erklären sie sich!

Camilla Wir wollen uns niedersetzen! wenn es ihnen beliebt? (beyde setzen sich zu dem Tisch mit dem Schachspiel.)

Leon. (bey sich) Wie begierig bin ich nicht seinen Vorschlag zu hören!

Camilla Nun wollen wir die Steine in die Ordnung stellen.

Leon. Was? . . wollen wir dann Schachspielen?

Camilla Ja! auf solche Art wird man nicht merken, so auch jemand hieher kommet, daß wir etwas Geheimes miteinander zu reden haben (beyde bringen die Steine in Ordnung.)

Leon. Sie wissen, daß ich das Schachspiel erst von ihnen ein wenig erlernet habe, mithin solches noch sehr schlecht spiele.

Camilla Halten sie sich nur immer an die Hauptregel, welche ich ihnen gegeben, und die niemalen fehlet, nemlich wenn sie nicht nehmen, so nehme ich, und nehmen sie, so biethe ich dem Kö-

Leon. Ich werde es schon nach und nach begreifen .. allein wollen sie nicht, weil wir allein sind, mir ihren Vorschlag hören lassen?

Camilla Gleich! es ist ihnen bereits bekannt, daß Livia selbst versprochen hat, die Meinige zu seyn, und daß ihr Vater seine Einwilligung auch gerne dazu geben wird, ist gar kein Zweifel, dieses schmerzet sie nun Herr Leonardo, und ich bedaure sie; dahero sollen sie auch wissen, daß, obwohlen ich Livia haben kann, ich niemahls gesinnet bin, sie zu nehmen: nun erklären sie sich, wollen sie solche heurathen? oder wollen sie, daß sie gar keinen von uns beyden zum Mann bekomme?

Leon. Weder eines, noch das andere, es ist mir genug Herr Graf! wenn nur sie solche nicht heurathen, so ist sie schon hinlänglich bestraffet. Sie kann hernach meinetwegen den Doctor, oder einen andern heurathen .. nun lassen sie weiter hören!

Camilla Ich glaube, es kommet jemand. (schaut rechts in die Scene) wir wollen zum Schein spielen.

Leon. Gut!

Camilla Hieher! (setzet ihren Stein.)

Leon. Daher! (desgleichen)

Camilla Den Lauffer!

Leon. Diesen Bauer!

Camilla Den andern Laufer!

Leon. Das Pferd!

Camilla Den Thurn!

Leon. Die Königin!

Camilla Was machen sie?

Leon. Warum?

Camilla Wo bleibt die Regel? wann sie nicht nehmen, so nehme ich, und nehmen sie, so biet,e ich dem König Schach.

Leon. Sie haben recht! ich habe einen grossen Fehler begangen...

Camilla Es kommet niemand, nun können wir weiter reden (hören auf zu spielen, lassen aber die Steine stehen.) Wann sie sich also an Livia nur zu rächen suchen, so weiß ich ein besseres Mittel sie recht zu quälen, heurathen sie eine andere .. und wann sie dieses nicht thun, so ist es gantz klar, daß sie die Ungetreue annoch lieben, und dieß wäre eine ewige Schande für einen so braven Mann, sehen sie! ich verspreche ihnen, wann sie eine andere heurathen, daß auch ich die Livia nicht eblige.

Leon. Sagen sie mir dieses im Ernst? dieser Punct ist von grosser Wichtigkeit; wo ist aber so geschwind eine Frau herzunehmen, die sich für mich schicket?

Camilla Still! ich höre jemand (siehet in die linke Scene (spielen wir weiter! vergessen sie aber nur die Regel nicht, wann sie nicht nehmen, so nehme ich, und nehmen sie, so biethe ich dem König Schach.

Leon. Der Graf wiederhollet mir diese Worte gar zu oft. Es muß ein Geheimniß darunter stecken beede fangen wieder an zu spielen,) diesen Bauern!

Camilla Und ich diesen.

Leon. Hier diesen Stein!

Camilla Hier diesen!

Leon. Das Pferd!

Camilla

Camilla Ebenfahls!

Leon. Die Königin

Camilla Sehen sie! eins, zwey! drey! (nimmt ihme 3. Steine.) Wann sie nicht nehmen, so nehme ich, und wann sie nehmen, so biethe ich dem König Schach

Leon. Sey es; .. lassen sie nun den Ueberrest von ihrem Vorschlag hören!

Camilla Wie ich schon gesagt, wenn sie nicht eine andere als Livia zur Frau nehmen, so nehme ich sie selbst, und nehmen sie eine andere, so ist der König gewiß Schach, sehen sie! wie unvermuthet uns das Spiel auf unsere eigene Anliegenheit führet; sie werden hieraus erkennen, daß, nachdeme das gantze Spiel für mich ist, sie entweder Livia lassen, oder aber gewärtigen müssen, daß ich sie selbst heurathe.

Leon. Ich wiederholle aber nochmahlen, wo finde ich ein Frauenzimmer, welches sich für mich schicket.

Camilla Wollen sie meine Schwester?

Leon. Ihre Fräule Schwester? Herr Graf!

Camilla Ohne lang sich zu bedenken erklären sie sich! .. meine Schwester hat 6000. Thaler Heurathgut, und folglich können sie mit deme, was ich ihr noch dazu geben werde, und sie selbst besitzen, gantz gemächlich leben.

Leon. Und siehet sie ihnen ähnlich?

Camilla Vollkommen!

Leon. Besitzet sie auch so viele Lebhaftigkeit, und Vernunft als wie sie Herr Graf?

Camilla Das kann ich sie versichern.

Leon. Wenn die Sache sich also befindet, so sind wir richtig, aber wird auch die Fräule Schwester mit mir zufrieden seyn?

Camilla Mein Willen ist vollkommen der ihrige .. und noch mehr, sie ist kaum in Genua angelanget gewesen, so hat sie uns beyde miteinander über die Gasse gehen gesehen, und wie ich darauf zu ihr gekommen bin, hat sie nicht genug ihre Gestalt zu loben gewust.

Leon. Also hat die Sache ihre Richtigkeit, hier haben sie meine Hand, ich heurathe heute noch ihre Fräule Schwester, Livia mag sich auf den Kopf stellen, doch halten sie nur auch wegen Livia ihr Wort!

Camilla Sie haben sich darauf zu verlassen.. Aber noch eins; biß die Hochzeit mit meiner Schwester nicht vorbey ist, müssen sie weder der Livia, noch sonst jemanden davon etwas sagen.

Leon. Das ist eben meine Meynung.

Camilla Hier ist meine Hand!

Leon. Und hier die meinige!

Camilla Daß wir unserm Versprechen nachkommen wollen, verpfänden wir Ehr und Leben.

Leon. Auch dieses schwöre ich ihnen zu... nun fehlet nichts, als daß sie mich bey meiner Braut aufführen,.. O! wenn wir nur schon in der Stadt wären.

Camilla Sie können auch hier meine Schwester sehen!

Leon. Sie wollen gewiß solche auf eine verborgene Art hieher kommen lassen?

Camilla Nein, sie ist schon würklich hier

Leon. Und wo ist sie dann?

Camilla

Camilla Hier! ich bin es selbst.

Leon. Was! sie sind ein Frauenzimmer?

Camilla Ja, das bin ich, und habe bloß diese nemliche Kleider angezogen, daß ich sie zum Gemahl erhalte, denken sie zuruck, was ich alles, um ihre Freundschaft zu erhalten, angewendet habe; und ich schäme mich nicht zu bekennen, daß ich sodann von dem ersten Augenblick an alles unternohmen, ihnen ihre Liebste abspänstig zu machen, endlich habe ich es so weit gebracht, daß sie ohne ihre Ehre zu verletzen, meine Liebe nicht verschmähen können: ein Frauenzimmer, welches ehrlich gebohren, und so viel als ich unternohmen, fordert mit Recht entweder Liebe, oder Blut. . Nein, so grausam, und so unbarmherzig kann ich sie nicht glauben, daß sie die Treue brechen, oder mein Geheimnuß verrathen sollen, und wenn sie es auch wären, so versichere, daß ich alles zu unternehmen im Stande bin, ich habe bereits die grösten Beschwärnußen überwunden, so sollen mich auch die kleinern nicht mehr abschröcken.

Leon. Sie thun mir Unrecht, wann sie an meiner Treue zweifeln, die Liebe, so ich als ein Freund für sie getragen, werde ich als ein Liebhaber verdoppeln, Livia hat mich allzusehr beleidiget, als daß ich mehr an sie gedenken sollte . . . hier haben sie nochmahlen meine Hand, und mit dieser mein Herz, ich bin von diesem Augenblick an ihr Gemahl . .

Camilla Stille! hier kommet Livia . .

Leon. Sie kommet eben recht, ihr meine Meynung sagen zu können.

Camilla Ich bin es zu frieden, nur verrathen sie unsere Liebe noch nicht.

Zehnter Auftritt.
Livia, und die Vorigen.
Livia. (für sich.)

Ist es dann nicht möglich, daß ich den Grafen antreffen kann, ohne diesen Ungetreuen bey ihme zu finden, (sie bleibet etwas entfernt stehen.) Herr Graf! sie müssen sich eine besondere Ehre daraus machen, den gantzen Tag mit einem Menschen zu seyn, der bloß dem Frauenzimmer zum Verdruß, und sich selbst zur Schande gebohren worden.

Leon. He! Mademoiselle! sprechen sie aus einem etwas gelinderen Tonne.

Camilla (heimlich zu Leonardo.) bekümmern sie sich nicht um ihre Reden, ich bin doch ihre Braut.. (sogleich wendet sich Camilla gegen Livia, welche ihr mit der Hand winket, und gehet zu ihr.)

Leon. Nein, dergleichen Schmähungen kann ich nicht erdulden.

Livia (zu Camil.) Was haben sie ihme gesagt?

Camilla (heimlich zu Livia) Das ich ihr Bräutigam bin.

Leon. (zu Livia) Falsche! was hat sie bewogen meine Liebe, ja meine zärtliche Liebe so zu verschmähen, ich hätte das Hertz im Leibe mit ihnen getheilet, und dafür mich ohne Ursach so zu beleidigen?

Livia O ich habe Ursachen genug gehabt, euch noch viel schlechter zu begegnen .. kommet nur näher her, ich will sie euch erklären.

Camilla Ach mein Schatz! sie vergessen, daß

als Nebenbuhlerinnen. 57

sie die Meinige sind. (sogleich blicket sie nach Leonardo, welcher sie ebenfahls mit der Hand zu sich rufet.)

Livia (zu Leon.) Nein, nein! bleibet nur dort, ihr seyd nicht würdig, daß ich mit euch spreche.

Leon. (zu Camilla) Was haben sie mit ihr geredet?

Camilla heimlich zu Leon.) Daß sie bereits einer andern ihr Herz geschenket haben.

Livia Wer mit honetten Frauenzimmer umgehen will, muß höflich, tugendhaft, und getreu seyn. Allein wie kann man dieses von einem Menschen verlangen, der keine Ehre im Leibe hat; wäre es dann eine so grosse Sache gewesen, mich um Verzeihung zu bitten; hättet ihr nicht überlegen sollen, wer ihr seyd, und wer ich bin, eure Unvernunft hat euch also um eure Braut gebracht.

Leon. Geduld! ich werde dennoch eine andere finden ..

Camilla (heimlich zu Leonardo) Mein Schatz! lassen sie sich nicht zu weit heraus!

Leon. (zu Livia) Genug! unter hundert Frauenzimmer, sind neun und neunzig falsche Syrenen.

Livia (zu Camilla) Was sagten sie ihme?

Camilla (heimlich zu Livia) Daß sie ihn nicht mehr, hingegen mich allein lieben.)

Livia Daran haben sie wohl gethan, er soll es mit Augen sehen, kommen sie! .. (nimmt Camilla bey der Hand, und will sie fortführen.)

Leon. He! Herr Graf! bleiben sie hier!

Livia Kommen sie! (wie oben.)

Leon. Das werde ich nicht zulassen (nimmt

Camilla bey dem andern Arm, und ziehet sie zuruck.)

Livia (wie oben) Nein! sie müssen mit mir!

Leon. (wie oben) Das wird nicht geschehen.

Livia (heimlich zu Camilla) sind sie nicht mein Bräutigam?

Leon. (heimlich zu Camilla sind sie nicht meine Braut?

Camilla (zu Leon.) Stille!

Leon. Bleiben sie hier!

Camilla (zu Livia) Geduld!

Livia Kommen sie mit!

Camilla (heimlich zu Livia) Gehen sie nur voraus, ich komme den Augenblick in den Garten nach.

Livia Wann sie nicht bald nachkommen, so bin ich gleich wieder hier. (gehet ab.)

Camilla (zu Leon.) Gehen sie in ihr Zimmer, ich werde den Augenblick bey ihnen seyn.

Leon. Lassen sie mich ja nicht lange warthen, sonst schöpfe ich einen neuen Argwohn. (gehet ab.)

Camilla Endlich bin ich beyde los geworden; damit ich aber meinen völligen Endzweck erreiche, so muß ich sie so viel immer möglich, von einander entfernet halten, ich zweifle an einen glücklichen Erfolg um so weniger, da ich die Scharfsinnigkeit eines Mannsbildes, und die Arglist eines Frauenzimmers zugleich besitze. (gehet auch ab.)

Drit-

Dritter Aufzug.
Erster Auftritt.
Voriges Zimmer des Trifone.
Trifone, Livia, und Charlotte.
Trifone noch wie vorhero im Schlafrock.

Trifone.

Wird euer Geplauder noch kein Ende nehmen? kann ich dann von nichts andern, als von lauter Heurathen reden hören? .. saget mir lieber, wie ich mich auf den grossen Becher voll Mixtur befinde? .. wie sehe ich darauf aus?

Charl. Als wie ein Bachus.

Livia Als wie ein Bräutigam.

Trifone Ach weh! ach was für Schmerzen empfinde ich in dem Unterleib (grimmt sich zusamen) mit euren verdammten Reden von dem Heurathen habt ihr mir alle Winde in dem Leib rebellisch gemachet.

Charl. So heurathet der Herr Bruder!

Trifone Ihr höret ja schon, daß ich nicht will.

Livia So geben sie uns einen Mann, Herr Vater!

Trifone Ja, ja! nur damit ich euch los werde .. allein bald will man diesen, bald jenen nicht, vorhero den Herrn Leonardo, nun den Grafen Ernesto, es ist noch eine Frage, ob dich der Graf verlanget, weil er mit mir noch nichts davon gesprochen, oder solle ich ihn etwa darum bitten.

Ach

Ach! der Schmerz wird immer grösser (krümmet sich noch mehr.)

Livia Vielleicht befürchtet der Herr Graf von ihnen eine abschlägige Antwort; dahero müssen sie selbst den Discurs so drähen, damit er abnehmen kann . . daß sie nichts dargegen haben . .

Trifone Ja, ja! es soll geschehen.

Livia Aber wann?

Trifone Ach! die Winde, die Winde!

Charl. Und der Doctor, welcher mich heurathen sollte, siehet mich gar nicht an.

Trifone Ach weh!

Charl. Sagen sie ihme, daß dieses für einen Bräutigam keine Art seye.

Trifone Ich will alles thun, alles sagen, aber die Winde . .

Charl. Daß er überlegen solle! . .

Trifone (machet einen langen Seufzer) Ha!

Charl. Was ist euch mein Bruder?

Trifone Nun ist es vorbey.

Charl. Was denn?

Trifone Die Winde.

Charl. Was bekümmern mich eure Winde, die Rede ist von ganz etwas andern.

Trifone Ich weiß kein Wort von allen, was ihr mir gesagt habt, dann aus Schmerzen habe ich nicht auf euch Achtung geben können.

Zwey-

Zweyter Auftritt.

Ortensio und Vanesio etwas betrunken, und die Vorige.

Vanesio, zu Livia.

Puela pulcherrima! da ich nun dero Bräutigam bin ..

Ortens. (zu Charl.) Da ich sie nun bald besitzen werde, meine Hönig süsse Mauß!

Vanes. Da dero Herr Vater bereits seine Einwilligung gegeben ..

Ortens. Da dero Herr Bruder zufrieden ist.

Vanes. So erlauben sie! daß ich auf diese Allabasterne Hand ..

Ortens. So vergönnen sie, daß ich von dero hönigtriefenden Finger ...

Vanes. Einen Kuß abstatten darf?

Livia Sie sind nicht gescheid! (ziehet die Hand zurück.)

Ortens. Den Hönigsaum an mich sauge.

Charl. Saugen sie etwas anderes. (ziehet ebenfahls die Hand zurück.)

Ortens. Also begegnen sie mir? (zu Charl.)

Vanes. (zu Livia) Ist dieses eine Art?

Trifone Meine Herren! entweder hab ich das Gedächtnuß verlohren, oder sie sind berauschet, sie sagen (zu Vanesio) daß ich ihnen meine Tochter versprochen, und ich sage ihnen, daß ich sie an den Grafen Ernesto vermählen will, und sie (zu Ortensio) halten dafür, daß ich ihnen meine Schwester zugesaget, allein sie irren sich ebenfahls, meine Schwester habe ich für den Herrn Vanesio bestimmet, ich kann also nicht anders schlüssen, als daß ihnen der Wein den Kopf verwirrt gemacht.

Ortens. Was! ein Doctor berauschet?

Vanes. Wie! ein Doctor in dem Kopf verwirret?

Ortens. Ich schwöre bey Mana, und Senesblättern, daß ich diesen Schimpf nicht erdulde.

Vanes. Hypocrates, und Galenus? Ja, Aesculapius selbsten solle uns rächen.

Dritter Auftritt.

Hannswurst mit einem grossen Medicinbecher auf einer Tatzen und die Vorigen.

Hannswurst.

Mein Herr hat mich in die Appothecken geschicket, weil just niemand von ihren Leuthen da ware, und hier bringe ich die zweyte Portion von dem abkühlenden Trank, welches diese beyde Excellenzen verschrieben haben.

Trifone Geht zum Teufel! ich nehme es nicht, wer weiß, was für einen Plunder sie in der Besoffenheit verschrieben haben.

Ortens. (drohend) Herr Trifone! ich sage es ihnen, nehmen sie es ein!..

Vanes. Sie werden wohl unsere Recepter nicht prostituiren? eingenohmen!..

Trifone Meine Herren! damit es doch eingenohmen werde, so nehmen sie es selbst ein!

Vanes. Wir als Bräutigams brauchen keine Abkühlung, aber für ihre Umstände ist solche nöthig .. mit einem Wort, eingenohmen! oder sie bekom-

als Nebenbuhlerinen. 63

men uns alle beyde auf den Halß (will es ihme mit Gewalt in den Halß schütten.)

Trifone (reisset ihme den Becher aus der Hand, und wirft solchen samt der Medicin auf die Erde.) Gehen sie samt ihrer Medicin zum Geyer! (zornig.)

Ortens. Himmel! Gerechtigkeit! Hilfe! Rache! diese Beschimpfung ist zu groß, ich will das Chyragra, und Podagra auf der Stelle bekommen, wenn ich ihnen nur ein einziges Pulver mehr verschreibe; man muß dem Medico gehorchen, und wann er Hobelspänne ordinirete, dieses abkühlende Trank wurde ihnen den Speichel befördert haben, nun bleibet dieser Speichel in dem Hals, der Schleim verdicket sich: diese Verdickung erstrecket sich bis auf die Fußsollen, von da kommet es in das Blut, dieses wird hierdurch ebenfahls verdicket, auf solche Art wild nun der Lyropha ihre gewöhnliche Bewegung benohmen; dahero entstehet eine Raserey, diese bringet Convulsionen hervor; von den Convulsionen entspringet das Bauchgrimmen, von dem Bauchgrimmen das Seittenstechen: von dem Seittenstechen, eine Lähmung, von der Lähmung eine Engbrüstigkeit; von der Engbrüstigkeit die Wassersucht, von der Wassersucht alle andere üble Zufälle; durch diese Zufälle die Schwindsucht, und endlich gar ein Schlagfluß; darauf folget der Tod, und zwar ehender, als die Medici ein Consilium halten können, mithin ist der Herr hin, weil der Herr den Speichel nicht befördert hat. (geht zornig ab.)

Vanes. Da haben sie es! lehrnen sie hieraus, daß man denen Medicis jederzeit gehorsam seyn muß. Sie haben die Medicin prostituiret, und die Medicin
wird

wird sie in allen ihren Krankheiten verlassen, sie sollen wissen, daß es einem Kranken eine Schande ist, ohne Medicin gesund zu werden; und hingegen in dem Grabe selbst eine Ehre, wenn man methodisch stirbt. (geht ebenfahls zornig ab.)

Trifone (gantz tieffsinnig) der Speichel! der Speichel liegt mir in dem Kopf .. was ist nun zu thun? . . ich habe sie aufgebracht, . . nun muß ich sie wieder zu besänftigen suchen . . so geht es uns armen Kranken. . . Es ist kein anderes Mittel übrig, als ihnen ihre Bestahlung zu verdoppeln, damit sie nur wieder ein Consilium über mich halten (gehet auch ab.)

Charl. Mein Bruder wird noch völlig närrisch, ich will gewiß bey diesem Consilio auch meine Meinung sagen, dann er treibet bereits seine Narrheit zu weit (gehet ab.)

Vierter Auftritt.

Hannswurst, und Livia.
Hannswurst lachet.

Nun, so habe ich doch in meinem Leben nicht so viel Narrheiten gesehen, als in diesem Hauße vorgehen, da giebt es Narren!

Livia Bin ich vielleicht auch närrisch?

Hansw. Das ist zum tod lachen (lachet wieder.)

Livia Verwegener!

Hansw. Nu! ich werde wohl lachen dárfen, (lachet.)

Livia Das will so viel sagen, daß du mich auch darunter verstehest?

Hansw.

Hansw. Es kann seyn, und auch nicht seyn. (lachet.)

Livia Ich werde mich bey deinem Herrn beschwären.

Hansw. Ja, es ist wahr, .. mein Herr ist ihr Bräutigam (lachet.)

Livia Warum lachest du? hast du etwas darwider einzuwenden?

Hansw. Nichts! ... können sie hexen?

Livia Warum fragst du mich um dieses?

Hansw. Wann sie nicht hexen können, so lassen sie mich lachen.

Livia Du erweckest mir einen Argwohn . . rede deutlicher! warum soll ich hexen können?

Hansw. Damit etwas aus der Hochzeit werde.

Livia Damit etwas aus der Hochzeit werde? ist mir dein Graf vielleicht ungetreu?

Hansw. Es giebt halt öfters so curiose Umstände .. aber ich weiß nichts.

Livia Die gar zu genaue Freundschaft des Grafens mit dem Herrn Leonardo, und sein Widerstreben mich von meinem Vatern zu begehren bestärken meinen Argwohn! du weist gewiß alles .. rede!

Hansw. Ich darf nicht . .

Livia Du must, entweder mit Guten, oder Uebeln, mir das Räzel erklären.

Hansw. So können sie also nicht hexen?

Livia Nein!

Hansw. So kann ich auch nichts sagen.

Livia Warum?

Hansw. Wann ich rede, so werde ich massakrirt, und wann sie keine Hexe sind, so können sie mich sodann nicht wieder lebendig machen, mithin

E ist

ist es besser, ich halte das Maul, und bleibe lebendig. (gehet hurtig ab.)

Livia Ich bin gantz verwirrt.. zwischen Hofnung und Furcht. Irre ich in der Finsternuß herum, ich liebe Leonardo, und verliehre ihn, da ich mich den Grafen überlasse, welcher mich vielleicht ebenfahls hintergehet; ich bedaure mich, und bin doch selbst meine Tyrannin; ich habe Anbetter genug, und wer weiß, ob ich einen erhalte.. liebe Jungfern! so gehet es in der Liebe, zu viele Liebhaber haben, ist ein Uebel, aber gar keinen ist dennoch weit schlimmer. (gehet auch ab.)

Fünfter Auftritt.
Camilla, und Leonardo.
Leonardo.

Liebste Camilla! ich kann keinen Augenblick ohne ihnen seyn, und sie fliehen mich, sie sind kaltsinnig, wie soll ich dieses verstehen? die Liebe nimmt bey mir jeden Augenblick zu, und bey ihnen scheinet sie sich zu verliehren.. ich bette sie an..

Camilla Ich glaube es, und bin ihnen dafür verbunden.

Leon. Mein Leben! sie kommen mir aber so tiefsinnig vor, sollte ihnen etwa ihr Versprechen gereuet haben? oder zweifeln sie an meiner Treue?.. gestehen sie aufrichtig, was ihnen fehlet, bin ich mit meinem Leben vermögend ihre Zufriedenheit zu erkaufen, so will ich es mit Freuden hingeben.

Camilla Mir fehlet nichts.. ein Traum, welchen ich vor einigen Tagen gehabt, und mir eben jetzo beyfallet, ist die einzige Ursache meines Kummers

mers .. weilen er mir sehr viel zu bedeuten scheinet.

Leon. Ein Traum .. ist ein Spiel der Phantasie, und hat mit dem Aufwachen das Gute, so er uns zeiget, eben so geschwind ein Ende, als das Ueble, so er uns drohet.

Camilla Ich will dieses bey denen meisten Träumen zulassen, aber der meinige ist von so besonderer Art, daß er mit Recht mir Nachdenken verursachet.

Leon. Ungeachtet ich wenig auf die Träume halte, so bin ich doch begierig den ihrigen zu hören, weilen er fähig ist, so vielen Eindruck bey ihnen zu machen, erzählen sie mir ihn doch!

Camilla (abseits) Nun habe ich ihn dort, wo ich ihn habe haben wollen, und werde bald gerächet seyn (zu Leon.) hören sie! mir traumte vor einigen Tagen, als ob ich in einem finsteren Wald wäre, allwo ich auf einer Seite ein Faß (welches eine grosse Oeffnung hatte) und auf der andern Seite einen Löwen erblickte, deme die Augen vor Wuth funkelten, anstatt aber mich vor diesen Löwen zu förchten, streichelte ich ihn vielmehr mit der Hand; der Löw aber versetzte mir mit seinen Pfotten einen Streich, wodurch ich so in Furcht gebracht wurde, daß ich mich in das Faß verkroche ..

Leon. Und was sollte wohl dieses bedeuten? ..

Camilla Hören sie nur weiter! sobald ich in dem Faß ware, so schiene mir, als ob der Löw solches zernagen wollte, ich erwischte ihn ohngefähr bey denen Haaren, und hielte ihn vest; der Löw brüllet, und wüthet: ich aber liesse nicht aus-, worauf er mich samt dem Faß durch Berg und Thal schlepte, biß end-

endlich das Faß zerbrache, mir die Kräften entgiengen, und ich ihn fahren lassen müste, ich wollte darauf entfliehen, konnte aber nicht von der Stelle kommen, und der Löw ware mir stäts an der Seiten.

Leon. Sie werden also hierauf aus Furcht aufgewachet seyn.

Camilla Nein! hören sie nur das Ende! ich wuste mir nicht anders zu helfen, und zohe den Degen, mit welchem ich mich dem Löwen widersetzte, allein bey dem zweyten Hieb sprunge die Klinge entzwey, worauf mich der Löw grimmig zur Erde risse, schittelte den Kopf, als wollte er sagen, gehe! du bist meiner nicht würdig, und entfernte sich wieder in den Wald, ich aber erwachte.

Leon. Es ist wahr, dieses ist ein besonderer Traum, allein ich begreiffe nicht, warum sie sich noch wachend mit solchen quälen mögen?

Camilla Weilen er unsere eigene Begebenheiten gar zu natürlich vorstellet.

Leon. Dieses sehe ich nicht ein, was sollte dann der Löwe bedeuten?

Camilla Der sind sie, heissen sie nicht Leonard?

Leon. Und das Streucheln?

Camilla Daß ich einen liebe, der mich nicht liebet.

Leon. Und daß sie sich in das Faß verborgen?

Camilla Zeiget an, daß ich meine Kleider verändert.

Leon. Und daß sie den Löwen bey den Harren erwischet?

Camilla Bedeutet, ein Bindnuß, in welches ich mich eingelassen.

Leon. Und daß das Faß endlich zerbrochen?

Camilla

Camilla Die Entdeckung meines Standes.

Leon. Der Streit mit dem Löwen?

Camilla Mein kühnes Unternehmen.

Leon. Der zerbrochene Degen?

Camilla Ihre Liebe zu Livia.

Leon. Und daß der Löw sie verächtlich verlassen?

Camilla Das jenige, was sie selbst thun.

Leon. Wie sehr irren sie sich; ich sie verächtlich verlassen? da ich ihnen vielmehr mein Herz schenke, da ich sie anbette.

Camilla Wissen sie aber, daß ich keine Gräfin, sondern nur ein armes Dienstmädel bin.

Leon. Sie mögen seyn, wer sie wollen, so werde ich sie dennoch lieben, auch ich bin nur eines Bürgers Sohn; und da wir nun am Stande einander gleich sind, so wird unsere Liebe desto heftiger seyn.

Camilla Ihr seyd ein unverschämter Lügner! ihr habt niemahlen so gedacht, und saget auch jezo die Wahrheit nicht, damit ihr es aber nicht läugnen könnet, so leset! .. und erröthet! .. (wirft ihme mit Verachtung seinen Zettel vor die Füsse, welchen er aufhebet.)

Leon. Was sehe ich! das ist meine Schrift; ich kann es nicht läugnen! .. (lieset still) allein erzörnen sie sich nicht mein Leben! was geht ihnen dieser Zettel an? .. es wird ohngefähr drey Jahre seyn, daß ich solchen, ich weis selbst nicht, an wem geschrieben .. doch zweifelsohne wird es ein liederliches Weibsbild gewesen seyn, welche sich bey mir anmachen wollen.

Camilla Diese bin ich selbst (reisset ihm den Zettel aus der Hand) erröthet .. Hoffärtiger!

weilen ihr mich dazumahl verachtet, und jetzo dennoch liebet, so lernet Unhöflicher! daß der Hochmut zu allen Zeiten schändlich seye; wie oft wird ein Niederträchtiger in Palläſten, und eine edle Seele in einer Bauern Hütte gebohren. Die Tugend, und nicht die Geburt iſt es, was die vernünftige Welt und der Himmel ſelbſt hochſchätzet, und ehret; entfernet euch dahero aus meinen Augen (zerreiſſet den Zettel, und tritt ihn mit Füßen) hier habt ihr die Antwort auf euer niederträchtiges Schreiben, und allen eures gleichen ſolle es nicht beſſer ergehen: ich ſollte euch ins Geſicht ſagen, daß ich nicht mehr für euch bin; doch nein! .. ich räche nur die Beleidigung, dem Beleydiger ſelbſt aber vergebe ich. (.gehet ab.)

Leon. Ich kann ihr nicht Unrecht geben, ein Frauenzimmer ſo Vernunft hat, erduldet alles, nur keine Verachtung kann ſie nicht ertragen; ich habe ſie unwiſſend beleidiget, ich muß ſie nun wieder zu beſänftigen ſuchen, .. und will zugleich ein Gelübd thun, ſo lang ich lebe, kein Frauenzimmer mehr zu beleidigen. (gehet ab.)

Sechster Auftritt.
Trifone, und Camilla.
Trifone.

Sie ſind mir eben recht begegnet Herr Graf! kommen ſie hieher! .. ich habe mit ihnen zu reden, wenn es meine Schwachheit zulaſſet.

Camilla Was haben ſie zu befehlen?

Trifone Haben ſie mir nichts zu ſagen?

Camilla

Camilla Ich weiß nichts, auſſer mich zu erkundigen, wie ſie ſich befinden?

Trifone Uebel, ſehr übel.

Camilla Ich bedaure ſie von Herzen.

Trifone Ich bin ſo ſchwach, daß ich kaum auf den Füßen ſtehen kann, das ganze Zimmer ſcheinet mit mir ſich herum zu drähen, ach halten ſie mich! ſonſt falle ich gewiß.

Camilla Leere Einbildungen; .. ſie müſſen nicht beſtändig an ihre Krankheiten denken.

Trifone An was ſoll ich dann denken?

Camilla Auf das Heurathen.

Trifone Ach ich armer kranker Mann! .. ich heurathen.

Camilla Ja, nehmen ſie heut eine Frau, ſo ſind ſie morgen geſund!

Trifone Haben ſie ſonſten mit mir nichts zu reden.

Camilla Dermahlen, weiß ich nichts.

Trifone Meine Tochter hat mir doch geſagt, .. daß ..

Camilla Ja! .. dazu iſt noch Zeit.

Trifone Sind ſie alſo geſonnen ſolche zu ehligen?

Camilla Davon werden wir ſchon! einmahl ſprechen.

Trifone Genug! .. ich gebe ihnen Wort, ſie ſollen ſie haben.

Camilla Ich zweifle nicht daran.

Trifone Allein Herr Graf! weilen ſie meinem Hauß dieſe Ehr anthun wollen, ſo muß ich auch mit ihnen als ein ehrlicher Mann handeln, und ihnen eine Sache offenbahren, welche niemand als ich weiß,

weiß, .. der Tod sitzet mir ohnehin schon auf der Zunge, mithin will ich dieses Geheimniß nicht mit mir in das Grab nehmen .. Livia ist nicht meine Tochter.

Camilla Was sagen sie? Livia sey nicht ihre Tochter?

Trifone Nein, Herr Graf! hören sie! die Mutter der Livia ware eine ehrliche, aber arme Wittwe eines Kaufmanns, welcher kurz vor seinem Tod durch einen Banquerot um alles gekommen; der Gramm und Schmerz hat diese gute Frau in das Bethe gebracht, und in eine schwere Krankheit gestürzet, welches ihr Elend noch grösser machte; .. meine Frau, und ich reiseten eben damals nach Frankreich, und nahmen Livia aus Erbarmen an Kindesstatt an .. die Mutter der Livia starbe also eine kurze Zeit darauf, und Livia wurde von jedermann für unsere Tochter gehalten .. deme ungeacht soll sie, wie meine leibliche Tochter ausgestattet werden.

Camilla Woher ist dann Livia gebürtig?

Trifone Aus Pisa.

Camilla Aus Pisa? und ihre Mutter ... hieße solche nicht Hyacinta?

Trifone Ja! .. allein nun bin ich durch das Reden so schwach geworden, daß ich es nicht mehr länger aushalten kann, ich muß mich zu Bethe legen.

Camilla Nur noch eins; .. mein Herr; hatte diese Hyacinta nicht noch eine Tochter? und wo ist dann diese hingekommen?

Trifone Diese nahme eine Dame zu sich; .. welche .. wenn mir recht ist .. sich ..

Camilla Die Marquisin Irene nannte.

Trifone

Trifone Ganz richtig!... ich habe mich aber allein um Livia bekümmert, dann meine viele Geschäften und Reisen haben nicht zugelassen mich weiters, um ihre Schwester zu erkundigen...

Camilla Sie ist in Genua.

Trifone Kennen sie solche?

Camilla Zimmlich gut (abseits) weil ich es selbst bin.

Trifone Wenn ich nicht so krank wäre, wolte ich sie besuchen, wann ich in die Stadt komme.

Camilla Herr Leonardo kann sie bey ihnen aufführen... er kennet sie sehr gut, und solle (im Vertrauen gesagt) gar ihr Liebster seyn.

Trifone Liebet sie ihn dann wieder?

Camilla Zweifels ohne.. und das ist eben die Ursache warumen er von Livia abgelassen.

Trifone Darüber will ich mir weiter den Kopf nicht zerbrechen, dann ich bin zu matt.. Herr Graf! nachdem sie nun die Umstände der Livia wissen, so können sie thun, was sie wollen.. ich muß geschwind die Hauptpillen einnehmen, und etwas ausruhen, (gehet ab.)

Camilla Wie glücklich bin ich nicht, daß ich meine leibliche Schwester so unverhoft gefunden habe; aber da kömmt sie eben.

Siebender Auftritt.

Camilla, und Livia.

Livia

Herr Graf! ich sehe nunmehro allzu klar, daß sie mit Leonardo einverstanden sind, mich zu hentertergehen .. allein auch ich werde wissen, was ich zu thun habe.

Camilla. Wie können sie, mein schönes Kind! so arg von mir denken?

Livia. Ich habe ihren Scherz nicht vonnöthen; scherzen sie nur mit jenen, die zum Zeitvertreib lieben, meine Liebe ist von einer ganz andern Beschaffenheit, und derjenige, so mich liebet, muß getreu und aufrichtig seyn.

Camilla. Das bin ich auch.

Livia. Ja, man siehet es, mein Vater selbst saget mir, daß sie wegen meiner noch unentschlossen sind ..

Camilla. Nein! mein Schluß ist schon gefaßt, daß ich sie Zeit Lebens lieben werde .. und dieser Kuß soll es bekräftigen. (will Livia küssen.)

Livia. (stosset Camilla von sich) Verwegener! ... soferne sie sich dieses noch einmal unterstehen, werden sie meine Hand empfinden.

Camilla. Sie werden doch ihrer Schwester die Augen nicht auskratzen?

Livia. Ich habe keine Schwester.

Camilla. Aber wohl!

Livia. Wo wäre sie dann?

Camilla. Gar nicht weit von hier.

Livia. Ich brauche ihren Scherz nicht.

Camilla. Geben sie mir nur einen Kuß, so verzeihe ich ihnen alles.

Livia. Hier! (Will ihr eine Ohrfeigen geben.)

Camilla. Lassen sie es nur beyseits, dann ich bin ein Frauenzimmer und ihre Schwester Camilla.

Livia. Das kann ich nicht glauben.

Camilla. Aber ich.. Herr Trifone hat mir eben jetzo das Geheimniß entdecket, daß sie nicht seine Tochter sind, und da mein Vater auch der ihrige ware, so sind wir Schwestern, werden sie mir noch einen Kuß abschlagen? (umarmen einander.)

Livia. Nunmehro verstehe ich das Geheimniß, welches mir ihr Bedienter zu verstehen gegeben, aber nicht hat erklären wollen .. Allein sagen sie mir doch liebste Schwester! was sie bewogen diese Kleider anzuziehen, mir unter solcher Gestalt eine Verehelichung anzutragen: und den Leonando abspenstig zu machen?

Camilla Weil ich ihn selbst zum Gemahl haben will.

Livia. Sie wollen ihn also rauben, da sie doch wissen, wie zärtlich ich den Leonardo geliebet habe, und nun aufrichtig gestehen muß, daß ich ihn noch liebe, warum muß ich doch in meiner Schwester eine Nebenbuhlerin finden? Unglückselige Liebe!..

Camilla. Liebste Schwester geben sie sich zufrieden.. wir wollen uns nicht hierüber beeifern.. dem Leonardo soll die Wahl frey stehen, und diejenige, welche von uns beyden ausgeschlossen wird, solle es mit Großmuth ertragen, wann es mich betrift, werde ich es wenig achten, dann wegen einem Mannsbild niederträchtig zu denken, lohnet sich die Mühe nicht. (will abgehen.)

Achter Auftritt.

Trifone, welcher in einem Schlafseſſel von zwey Bedienten getragen wird. Ortenſio, Vaneſio, und die Vorigen.

Trifone.

Verbleiben ſie, Endlich habe ich mit gröſten Vergnügen vernohmen . .

Ortenſ. Erſtaunender Zufall.

Vaneſ. O wunderbare Begebenheit! . . Aber eben dieſe hat zwiſchen mir und meinen Herrn Collega einen Streit erreget, welcher nicht entſchieden werden kann, ohne mit ihnen geredet zu haben . . Mademoiſelle! . . es iſt nur die Frage, ob ſie in ein Frauenzimmer verwandelt worden? Oder ob ſie ſchon von der Kindheit an generis Fæminini geweſen ſind? Dieſer Zweifel iſt ſo wichtig, daß er bey allen Accademien in Frankreich und England einen gelehrten Streit erwecken kann . . ich will einen Tractat von 18. Folianten hievon ausgeben, . . Wann ich meinen Satz behaubte . .

Trifone. Meine Herren, ſie ſehen, daß ich ohnehin ſo matt bin, daß ich nicht hieher habe gehen können, ſondern mich tragen laſſen müſſen . . und wer weiß, ob ich nicht aus Mattigkeit noch gar die Sprach verliehre? . . dennoch laſſen ſie mich zu keinen Wort kommen . .

Vaneſ. Herr Collega, wer die Anatomie verſtehet, weiß, daß dergleichen Verwandlungen öfters geſchehen ſind, und noch öfters geſchehen werden, der Natur iſt alles möglich, und ich beweiſe durch hundert Bücher, daß folglich diese Verwandlung auch möglich wäre . .

Trifone Ach ich armer kranker Mann! wer weiß was noch mit mir geschiehet? .. ist dann gar kein Præservativ?

Camilla. Ich weiß eines, welches besser als alle andere ist.

Trifone Was dann für eines?

Camilla. Daß sie sich eine Frau nehmen!

Ortens. Vernünftig!

Vanes. Unvergleichlich! .. heurathen sie die Mademoiselle, so werden sie sich von einem Zufall præserviren, deme die Mademoiselle selbst unterworffen wäre, und ich werde ein gleiches Hülfsmittel bey der Mademoiselle Livia suchen.

Ortens. Und ich bey dero liebenswürdigen Schwester.

Trifone Was wird aber dem Herrn Leonardo verbleiben?

Ortens. Nichts, der kann sein Glück weiter suchen.

Vanes. Er hat es um die Medicin nicht verdienet.

Trifone Wer weiß aber, ob er nicht auch ein Præservativ brauchet?

Neunter Auftritt.

Leonardo hernach Charlotte und die vorigen.
Leonardo.

So viel ich höre, so ist allhier von mir die Rede?

Livia

Livia. Sie kommen eben recht! meine Schwester hat ihnen das Wort gesprochen, weilen sie vielleicht von ihrer Undankbarkeit weniger, als ich, überzeuget ist.. Sie will behaupten, daß ihnen die Wahl freystehen solle, eine Frau aus beyden zu erwählen.. Ihr zu lieb will ich nachgeben, machen sie also den Ausspruch!

Leon. Wir wollen zuvor hören, was Herr Trifone dazu spricht.

Trifone. Wer weiß, ob ich nicht mit nächsten in ein Frauenzimmer verwandlet werde, so heurathe ich hernach sie, Herr Leonardo! dann meine Krankheit..

Leon. Bewahre mich der Himmel, da bleibe ich gewiß Zeit Lebens ledig.

Vanes. Wenn sie erlauben, so werde ich meine Meynung erklären, welche gewiß Beyfall finden wird.

Leon. Lassen sie hören!

Vanes. Wissen sie was! nehmen sie die Livia, und ich schenke mein medicinisches Herz ihrer Mademoiselle Schwester.

Leon. Wer weiß ob die Mademoiselle damit zu frieden ist.

Vanes. Non dubito.

Ortens. Ja, ja, ich gebe meinem Herrn Collega beyfall, ein jeder nehme eine von diesen zwey Schwestern.

Leon. Wer wird aber den Ausspruch thun, welche..

Charl. Sie sind Schwestern, und sollen solches unter sich ausmachen, ich aber will meinem Bruder zu lieb einen Doctor nehmen.

Ortens.

als Nebenbuhlerinen. 79

Ortens. Wenn ich ihnen rathen darf, so nehmen sie mich! .. dann ich bin älter ..

Charl. Und ich will eben einen jungen wählen, der gut zu Fuß ist, und mir nicht den ganzen Tag zu Hauß auf den Halß sitzet.

Livia zu Leon. Nu! haben sie sich noch nicht entschlossen?

Leon. Ich muß gestehen, daß ich Livia jederzeit geliebet habe, allein man ist nicht allezeit im Stande das jenige auszuführen, und zu halten, was man verspricht .. schon bevor als ich mich mit Livia in ein Bindniß eingelassen, habe ich ihre Schwester durch eine unbesonnene That beleidiget, folglich muß ich auch dieser Genugthuung verschaffen, und bezeigen, daß ich gegen beyde Schwestern zwar gleiche Hochachtung trage, aber doch Camilla, wenn sie es zu frieden ist, zur Braut erwähle.

Camilla. Und ich muß ihnen aufrichtig sagen, daß ich sie nicht verlange, mein weiblicher Hochmuth wäre nicht genugsam gerächet, wenn ich ihnen nicht ein klares Nein in das Gesicht sagen könnte, es redet jetzt keine Rache mehr aus mir, und wenn es ja eine Rache wäre, so entspringet solche aus tugendhaften Absichten, und es solle mir niemals zu meiner Schmach nachgeredet werden, daß ich meiner Schwester einen Gemahl durch List geräubet hätte .. durch dieses mein Betragen handle ich gegen alle beyde billig; sie werden zwar über ihr Vergehen erröthen, und meine Schwester, welche sie jederzeit geliebet hat, und noch liebet, erhaltet denienigen zum Gemahl, den ihr Herz verlanget. Heurathen sie einander, und leben sie vergnügt und glücklich! ja, mein Herz, welches nunmehro sich selbst überwunden,

den, ist allzugroß, als daß es sich mehr von einem Mannsbild sollte fesseln lassen.

Trifone. O Großmuth sonders gleichen! .. Wenn ich nicht in so elenden Gesundheitsumständen wäre .. so würde ich mich selbst erkühnen ..

Camilla. Ersparren sie die Mühe! .. ich danke ihnen.

Ortens. Meine Schöne! zu mir werden sie wohl nicht so sprechen.

Camilla. Ey bewahre der Himmel! .. Nur eine kleine Bedenkzeit bitte ich mir aus!

Ortens. Von Herzen gerne, aber um Vergebung, wie lange?

Camilla. Bis drey Tage nach ihrem Tod.

Vanes. O ich verstehe es schon, sie wollen einen jungen, hier bin ich ...

Camilla. Recipe! wischen sie sich das Maul, und suchen sie sich eine andere!

Charl. Herr Doctor! weil sie doch so gern eine Frau hätten, so will ich mich über sie erbarmen, hier ist meine Hand (zu Vanes.)

Ortens. Das gehet nicht an; Herr Trifone! wo bleibe dann ich?

Trifone. Geduld ist für ihre Krankheit die beste Medicin.

Leon. Auf diese Art sind wir alle zufrieden, wann ich nur von Livia Vergebung hoffen darf?

Livia Es ist bereits alles vergessen (reichet ihme die Hand)

Trifone Nun meine liebe Kinder! so könnt ihr also zu eurer Hochzeit Anstalt machen! ich aber bin entschlossen morgen wieder eine neue Cur anzufangen.

ENDE.